TIANXING SHIKU
天星诗库

有度文化

星空与绿洲

汗漫诗选 2010—2022

汗漫 著

山西出版传媒集团 北岳文艺出版社
·太原·

图书在版编目（CIP）数据

星空与绿洲：汗漫诗选：2010—2022/ 汗漫著
.—太原：北岳文艺出版社，2023.8
ISBN 978-7-5378-6719-1

Ⅰ.①星… Ⅱ.①汗… Ⅲ.①诗集—中国—当代
Ⅳ.①I227

中国国家版本馆 CIP 数据核字（2023）第 102964 号

星空与绿洲

汗漫诗选 2010—2022

汗漫 / 著

出品人
郭文礼

选题策划
刘文飞

责任编辑
刘文飞

装帧设计
FAWN WONDERLAND QQ:2821598445

印装监制
郭　勇

出版发行：山西出版传媒集团·北岳文艺出版社
地址：山西省太原市并州南路 57 号　邮编：030012
电话：0351-5628696（发行部）　0351-5628688（总编室）
传真：0351-5628680
印刷装订：山西人民印刷有限责任公司

开本：880mm × 1230mm　1/32
字数：193 千字
印张：7.75
版次：2023 年 8 月第 1 版
印次：2023 年 8 月山西第 1 次印刷
书号：ISBN 978-7-5378-6719-1
定价：59.80 元

目录

辑一　云集（2010—2014）

辑二　我写下的事物（2015）

辑三　沿着河走（2016—2017）

辑四　午后的道路（2018—2019）

辑六　途中遇雨（2022）

辑一 | 云集（2010—2014）

唐河

我曾经渡河、进城、上学
我曾经渡河，娶一个女同学为妻
我曾经渡过这条河
浪花仿佛木质船身开出的鲜花！
我渡过这一条河
鱼群在渔夫和鱼鹰的眼睛里生动活泼。

而今我像唐河一样衰老
河床野草，像河水死去留在床上的遗物。
圆形石桥酷似我腰部的圆形皮带
在装饰、嘲讽已经枯竭的心潮。
异乡人开车路过，请加速，
忽略一条河流对本地景色和少女步姿的影响。

我步行，看河边树木在开花
就梦见少年时代的渡船在结果。
当然，雨季里，河水闪现
像一个人晚年的回忆录出现谎言。
岸边埋着我的先人，
土地深处的生活仍需要虚构一条唐河？

唐河下游复下游，是上海。
我家的水龙头努力扭曲身子回望上游。

妻子在水龙头边洗菜，假装在河边戏水。
我缩小身体，就能沿水龙头逆流而上？
所谓“故乡”，就是亡故了的家乡。
丧失唐河这条水路，我只能在纸上还乡？

2010-04-15

在郏县，怀苏洵苏轼苏辙

平顶山郏县城西二十五公里处
三苏坟，使一脉浅山著名成“小峨眉山”、
一座村庄改写为“苏坟村”。
苏轼、苏辙与苏洵安埋在此
让河南抱紧四川的一部分光芒、风和流水。
但小峨眉山没有猴子闪现。
我手握熟玉米棒子像猴子游走
看苏坟村人民文质彬彬
肩扛锄头也有三苏肩扛毛笔之风度
在苏坟周围种瓜种豆如填词
与二十四节气平仄押韵。

有三苏构成父子兄弟关系，是美好的事。
即使茅屋薄弱、冷雨敲窗，
仍有一盏灯擎起寒夜——
父携子读书、作文，去京都旅游、考试，
认识欧阳修和王安石等士子，
清明上河、饮酒、比赛为歌女写歌词……
兄弟一人上路、流亡
另一人就相送到几百里、几个月以外的驿站
又沿原路被送回中途休憩过的酒馆。
他们有漫长的时光和爱可供分享
手足间贯通血液、墨水和悲欢。

最终还是要各自奔赴。
一人就在夜晚给另一人写信、作诗，
辞藻壮丽像苏坟村五谷流芳千秋。
比如："丙辰中秋，欢饮达旦。大醉，
作此篇，兼怀子由。明月几时有？"
让我也做一个被怀想的子由吧
谁是春日般的兄长？
让我也做一个大醉复大才的子瞻吧
谁是秋水般的弟弟？
春日与秋水，相约长眠于这一脉浅山——
生前，兄弟二人在郏县看见四川。

子瞻嘱托："将来葬兄于此。"
子由在若干年后扶棺而来、掘土立碑、哭，
嘱托妻子："将来葬夫于此。"
兄弟终于比邻长眠，像早年在途中联榻入梦
像童年在母腹和摇篮里依次荡漾。
苏洵的青布衣冠也迢迢而来
父亲的体温汗气使草香终年不散——
茅草覆墓如茅屋，
三人仍围绕一盏灯欢饮达旦？
人世苍凉，尚能构成这样的父子兄弟关系
足可御寒，足以眷恋。

三苏坟目前成为风景区
守门人像苏家童仆，我来访如苏家远亲？

游客纷纷，来自市场、商场、官场、文场，
乘飞机或火车，丧失缓慢的驿站、
船、酒馆、月光、水调歌头……
那具体的爱、繁体的暖。删繁就简，
我已变形为劣币甚至伪币？
风吹我，如验钞机哗啦啦清点、算计、质疑。
距北宋一千年，在郏县城西三苏坟，
看柏树连绵，像三个四川籍亲人联袂向我奔来
朗照并清洗。

2010-05-11

乡村春天

一场夜雨后，田野像新婚的床榻
拖拉机突突突突的声音压抑不住青蛙的欢叫。

残余的若干公牛，感觉阳具灼热、尖锐。
绣花针梦见自己变成开满花朵的枝条。

从惊蛰、清明到谷雨，乡村心软得像春风。
长舌头溪水说着流言。

年轻人都去城里谋生了，坐在流水线上
突然闻见田埂上的草香。

背着破书包的孩子，赶着一群脏尾巴羊，
咩咩羊鸣使他想起汇款单里的娘。

一个掘土种树的老人，从树坑的结构里
感受到墓穴的气息和引力。

2013-04-03

田园诗

一张超市购物小票分行打印出下列清单——

"联华超市白兰店
苹果 5.12 元
花菜 3.91 元
萝卜 3.81 元
洋葱 6.69 元
土豆 4.76 元
豆角 6.78 元
冬瓜 6.69 元
笋 4.50 元
姜 3.33 元
蒜苗 4.00 元
西红柿 4.80 元
莴苣 3.23 元
共计 57.62 元
收款 100 元，应退 42.38 元
收款员张红艳 3 月 25 日 14:00"

这首诗，题目为《联华超市白兰店》
主题：田园
作者：张红艳

写作时间：3 月 25 日 14:00。
她每天还会触及大量其他主题
比如“妇女用品”“分裂的动物”
“激素中的海鲜”“隐秘的化工厂”
“混乱、可疑的生活”等等。
她坚持用“元”押韵
以加法重组事物之间的关系。
超市购物小票系列诗在收银台上沙沙沙沙
抒写，一首又一首被塞进购物袋里
或者，在风中飞。

诗人张红艳应该热爱这首
《联华超市白兰店》，
每一行蔬菜和水果，风格清新。
与夹杂“润滑剂”“除虫剂”“刀子”
“马桶盖”“蚊香”“染发剂”
之类词汇的后现代风格的购物小票相比，
这首田园诗多了野外的美感，
能让张红艳联想起乡村和亲人吧？
她写作的基本原则应该是：
拒绝形容词、动词、副词，把田园、牧场、
湖泊、矿山、异国他乡、工厂……
直接分解、陈述，成为分行的名词。

购物者的肠胃、体态、心境和嘴脸
在一系列名词、一张购物小票，鲜明浮现——
他是真正的作者，隐姓匿名。

或者说，他，才是张红艳，
张红艳是他的笔名之一。
他进入这座城市的不同商城、超市
在各种购物小票上产生不同笔名，
比如，“刘丽”“胡海燕”“高娟娟”……
一张张、一首首购物小票系列诗
凸显出购物者欲望与绝望的大致轮廓
像田园、牧场、湖泊
或矿山、异国他乡、工厂？

用购物弥补失意、产生诗意——
“元”这一韵脚力量强大，
可以统揽所有名词
去与一个人的感伤、隐疾和欢愉
相对称——除了“爱情”，甚至“爱情”？
未来，购物小票会出现“爱情 45 元”字样？
购物者，一系列名词的分行组合者，
他、你，或者我，就是诗人张红艳、
刘丽、胡海燕、高娟娟……
那些在收银台上写作、收钱的女孩
是一个写作者的化身和替身，
用《联华超市白兰店》一类诗篇
抵御人间黯淡与孤寒。

我爱这首蔬菜、水果构成的田园诗。

2013-05-05

正午

四个农妇抱着孩子、扭动腰肢
沿大路从村庄里走来。
一辆装满南瓜苗的三轮车停在田埂上。

放下孩子，她们用空出的胸怀
抱紧一筐筐南瓜苗，反复出入菜地。
南瓜苗一声不吭站在泥土里。
三个月后，将会长出一地雄壮的南瓜。

四个农妇抱着孩子、扭动腰肢
像抱着南瓜回家，消失在大路拐弯处。

整个过程用了一顿午饭的辰光。
我蹲在路边凝视她们、孩子、南瓜苗，
假装在等一个人。

多年前，也是正午，
母亲抱着我、扭动腰肢，走进这个世界。
一个人就逐渐长成下午和傍晚的样子。

2013-05-21

在父亲墓前

终于定居在这山坡上，父亲。
你一生经历过的房子和床榻，都是过渡。
没有任何悬念了，或许
“悬在墓前树梢上的这些果实是否甘甜”
成为你长期猜测下去的问题。
从老家余冲村，到山下南阳市
你走了六十一年，在这阶梯形的墓园内
睡了十七年，鼾声依旧磅礴？
是否会影响旁边墓碑下的邻居？

母亲已习惯独自一人的生活，
在我发胖的体态和语调中辨别你的遗迹，
独自买菜、煮饭、洗衣、跳健身舞，
对你的亡灵生活充满质疑和好奇，比如
笑着问你墓碑上的名字：
“是否跟别的女人过好日子去了？”
她终将也躺在这里，与你延续中断的夜谈。
你像新婚时期的冬夜提前暖被窝一样
早已把墓地睡出热度和草香？

你还能认出并爱着她衰老的容颜吗？
我逐步接近你去世的年龄，

一张脸酷似你的遗像，开始理解你中年的
头痛、耳鸣、沉默，甚至……心动？
你和我以及不同时代的人们
没什么不同，万殊一辙。
在墓碑前摆上你热爱的酒、花生米、炒苦瓜，
我像钓鱼者投出诱饵——
你禁不住诱惑，就跃出泥土、重返人间？

我未来的墓地，应该也在这座山上。
你是否期待父子间另一种团圆？
子孙后代将在清明、春节一类日子
来墓地探访，像钓鱼者投出诱饵。
你我可能都不愿从长眠中醒来
因为有那么多头痛、耳鸣、沉默和……心动
需要重新排练和演绎。继续沉睡吧，
父亲，在这山坡上，你像阶梯剧场后排那一个
对山下剧情熟悉得以至于倦怠的失业演员。

2013-07-29

同学会记

一个男同学因肝癌去世
其子代替参加聚会，像从前某少年的复制品。
两个同学失联，像两架飞机与大地绝交，
据说处在精神病院、监狱或招摇撞骗的路上。
四个同学婚变，其中，一人独身，
三人再婚并生幼子，显得异常年轻，
穿牛仔裤、染发、唱周杰伦。

六个同学成为级别不一的官员，有秘书同行，
殷勤地提着茶杯、文件包、摄像机。
五个同学致富，赞助这次同学会，
痛说创业史，解密当年暗恋，
发动同学连锁他们繁荣昌盛的事业。
七个同学从国外发来视频，在花园里抒情：
“月是故乡明。千里共婵娟。”

二十二个同学用沉默维护自尊。
委婉打听对方近况，控制表情中
得意或失意的部分。对往事进行质疑、争辩，
有人开始低头、抽泣。
合唱：“青春啊青春，美好的时光……”
合影，像一张遗址或废墟。

男女参差，像老枝条参差于旧花瓣。

我们围绕一张又一张饭桌喝酒，
不再像附身于课桌答题、窃窃私语。
但生活的高等数学仍在进行考试，
最终，去做一道填空题——
填入新鲜的墓穴，再错误的人生
也能拥有正确的睡姿和答案，
接受一年年青草野花的批改和润色。

“干杯啊！”某女生的酒窝浅了。
在风景区一角的白杨树下
我和她轻轻拥抱三秒钟，向生命致敬。
很快就没有人知道这个夜晚
很快的心跳是酒精而不是力比多在支援
很快的晚风让白杨树假装头颅哗啦啦思想。
她豹纹装内的豹子，激励血压重新陡峭。

2014-05-04

小笔记

一

在句子周围留下空白，在刀子周围留下光。

二

写一行废话，用删除键啪啪啪啪抹掉
有麻雀啄米的快乐。
写一行好句子留下来
有雪地上咯吱咯吱踩出一串脚印的快乐。

三

笔尖移动，让混沌暧昧的事物透露光线——
像一个矿难遇险者借着笔尖这一把锹
开掘出一条通往地面的道路——
写，就是逃生。

四

以写作抵抗恐惧
抵抗对人性中幽暗部分的恐惧，
像童年时代，依靠大声唱歌穿过夜晚的墓地。

五

以细小、卑微的人事，抵御抽象的大局。

在细小卑微处获得最尖锐的力和痛——
刀尖、笔尖、心尖。

六

把笔杆拉长，助跑、加速、腾空而起，
像撑杆跳高运动员，助跑、加速、腾空而起——
稿纸横格线不断升高，他必然跌落、失败。
诗人与撑杆跳高运动员的区别：
在失败之地构建一个桃子跌落、蜜蜂飞舞的果园。

七

月亮反对夜，又为夜的存在而辩护——
像律师热爱诉讼和冲突；
像诗人在纸白和字黑之间裂变、痛楚、融合……
造句，就是同时制造夜色和月色
把自我分解在原告和被告两个位置
接受诗神的判决。

八

走错误的路，也能通往暮色和暮年。
爱错误的人，也能与情敌成为美学上的知己。
写错误的诗，也能让陈词滥调抱在一起取暖……
正确很乏味，错误是真理暗自喜爱的私生子。
就这样错误地走着、爱着、写着，
渐渐融入是非不分、荣辱与共的大地。

九

笔名与本名必然格格不入。
世俗的我与诗人的我在冲突，谁能胜出？
书桌，这木质的小战场上，新月如钩。

十

书桌也有手术台的品质——
用笔这把手术刀，破解一张纸内部的疑难
并以文字缝合出一行刀痕。
从此，每逢下雨，这张纸都充满预感和痛感。

十一

在古寺方向传来的晚钟声里，旋紧笔帽
像给偏头疼的人戴上棉帽——
笔，像一个卧床不语的偏头疼患者
咬紧笔尖般的牙齿。

2014-05-28

云集

一

不知道哪一朵云下雨。
不知道哪一个女子动情。
不知道哪一首诗暖热哪一颗悲凉的心。
不知道哪一天我在哪一省消失——
所以，感激每一朵云、爱每一个女子、
写好每一首诗，在每一天冲洗这破败不堪的身体。

二

一个人依靠一座山成仙——
一个假人在假山旁暴露什么样的命运、气质？
捏捏人造革般的皮肉，我绕开花园里充满漏洞的
卵石与盆景构成的假山。

三

近、再近一点，观察一匹马，这匹马就放大成群山。
脊背摹仿出山顶的蜿蜒。风吹鬃毛像风吹树林。
哗哗啦啦的马尿向瀑布致敬。
马头陡峭——悬崖上闪亮着两颗星星或曰一双马眼。
一大团白云是白衣骑手？
我，小我，消失进鬃毛深处的风声里。

四

五月青杏，像少女未发育成熟的乳头。
南风吹杏树，像一个少年用热手
揭示这层层绿衣里的秘密！
一个衰老者，不宜长久注视南风和杏树。
我扭过头去，看见从前的自己。

五

走进齐腰的青草。草香齐腰、强烈，
我像怀抱一群体香强烈的女孩。
穿过齐腰的青草，如同做爱——
我还有能力使身后生长出一地野花、甜瓜、虫鸣，
而不是苦果、恶果和蒺藜？

六

用拼音输入法在电脑上敲打“目的”二字，
竟出现“墓地”“牧地”“牧笛”等一系列词语
以供选择。一种神意。我顿悟：
“目的”“墓地”“牧地”“牧笛”，同义——
一个人的目的，就是匀速通往墓地，
转化为一片牧地、几声牧笛。

七

物质守恒：一些萝卜挖出泥土，
一些老人填空、进入墓穴；
一些怀孕者挺起肚皮，一些老妇佝偻腰身；

一些花朵涌出梨树枝头，一些雪消失；
一些灯点燃，一些黑暗加重；
一些爱情到来，一些仇恨生成；
一些铁磨成刀，一些剑残损入泥；
一些桑叶淹没沧海，一些丧失分行为诗。

八

花粉症患者，是花的敌人、花季的敌人、
花花公子的敌人、花天酒地的敌人——
无花果，是花粉症患者爱戴的胸徽？
一个花粉症患者如果爱上如花的女人，
将拥有一种多么痒的命运？

九

舒曼的《童年往事》，
宜由老者弹奏；莫扎特的《安魂曲》，
应由童声合唱；贝多芬的《欢乐颂》，
建议囚徒放风时站在庭院光线和铁丝网里，
按刑期长短划分声部来交响；
勃拉姆斯的《摇篮曲》，建议由墓地秋虫吟诵，
让墓穴里的人听得永远不想苏醒。

十

庭院里，那个扭开水龙头、
伸出脚来冲凉的短裙女子，像水龙头的情人——
她脚趾在接受水龙头的亲吻！
那水质的舌头、口水哗哗啦啦的长舌头

让她有些摇荡、眩晕。

十一

接受周围的山河、人群和隐痛
接受往事的突然而至、不打自招
接受秋分、白露、寒露、霜降的接踵而至——
这节气、这富有气节的穿棉布长裙的妇人
从容、平和、令人尊敬。
而春分，是一个穿绿底繁花绸缎旗袍的女孩
旗袍分叉如分叉小径，通往两种以上的美景和夏天。

十二

原谅我，敌意中的人和事
原谅我，被遗忘掉面容和姓名的旧友
请原谅，我曾像雷达旋转脑袋趋利避义
请原谅，我记不清那么多的美好、荒唐和无耻。
人到中年，我的脸像草丛下的废墟
废墟应该被草丛里的虫声和暖风所原谅、痛惜。

2014-05-30

在喀拉峻草原眺望天山

你头颅高拔、冰峰入云。
在晚年，一个人双肩堆雪，才会抱紧胸怀里的
青草、鸟、牛粪和花，度过余生。

你思路像丝绸之路那样漫长——
从桑叶、蚕、织工，到飞天、金桃、古兰经，
让汉语在英语、阿拉伯语中混血复重生。

此时，傍晚，在喀拉峻草原眺望你
我像孩子依傍一个父亲的晚年
对开始降温的个人生活，有了参照和信心——

两鬓渐白，不必染发；
身体佝偻出弧度，像草原坡度那样自然；
心痛魂断处，让青草、蜂蜜和流水修复为峡谷。

在喀拉峻草原，向英年早逝、移居深空、
鼾声转化为雷声的父亲致意——
他看见我衰败的中年会很难过吗？

亡灵比生灵自由，不再愤怒于尘间的丧失与痛悲。
北斗七星从天山峰顶升起——
七个音符，合奏安魂曲和摇篮曲。

2014-07-05

伊犁河谷的一个马场

一群种马，因昂贵而被拘禁于马厩栅栏内。
人工授精技术使马群大规模奔涌
似货币流通——马厩如金库。

草坡一角，两匹平淡的马因廉价而自由
低头、咀嚼、嘶鸣。
风吹鬃毛，像风吹动满身青春。

我此生只养育一子，
在马场，感受到身体和精神的双重匮乏。
晚年将至，我的后裔和积蓄都很有限。

附近，伊犁河像蜿蜒的衣带，轻轻一拉，
就能打开河谷内部宽广的美？
曾为我宽衣解带的女子，早已老了、枯竭了。

我的胸骨像马厩栅栏或草坡一角，
闪电鞭策一辆旅行车离开马场。
车窗像巨大马眼，含着长方形的雨水。

2014-07-08

雕花马鞍

像一个姓马的人，穿着雕花的马甲。
骑马，我像马背上的孩子——小马？
草原是童年。

我不姓马、不属马，不是马的后裔。
姓佘，时代的多余者。
属兔，是马蹄间惊慌逃逸的一个小名词。

马的仁爱比兔子的自怜广大——
我能担负什么责任和重托？
热衷于抱着女人，像兔子热衷于抱着花瓣。

雕花马鞍的跨度，贴合于马脊背的肥瘦，
像一座桥贴合于一条河流的宽狭——
这奔涌不息的马头、嘶鸣、热血啊！

从雕花马鞍落回尘世，
像兔子回到三个洞窟，延续小狡猾、大不安。
隐隐听见花朵和马在远方倒下，像地震和雪崩。

2014-07-10

从夏牧场到冬牧场

夏牧场在高海拔的地方绿着。
落雪之前，牛羊和马匹将转移到
低海拔的冬牧场，
像一个高大的人在暮年缺钙、驼背
转移到越来越低矮的位置。

现在，夏牧场绿着。
朋友照相机镜头里的我假装绿着。
周围，牛羊和马低头吃草
对转移到冬牧场的路线和时机很熟悉。
我对转移到墓地的路线和时机一无所知。

乘旅行车盘旋下降。
牧人们正在冬牧场堆集越冬的干草
等待牛羊、马匹和雪从高海拔处降落。
我除了攒养老金、写诗，还有什么
可供在最后的严寒里咀嚼和回味？

2014-07-16

一个维吾尔族老人的歌

朋友啊，我依靠馕坑和手鼓生活
一辈子在巴扎（集市）里游乐。
美人们老了散了，天色渐渐暗了。

我就搬到麻扎（墓地）里沉思
让骨头散发出磷火和夜色
让缺点和坏脾气转化成星星和风。

这一口馕坑陪伴了我的生和死——
它燃烧，就是巴扎
它倒扣，就是麻扎。

这一把手鼓留给子孙去敲打——
满月和青春就会回来
我的心跳就会回来。

朋友啊，离别总比相逢多一次
爱啊，情人总比仇人多一个
歌啊，沉默总比言语多一句。

2014-07-17

星空

朋友们在盛宴上欢歌笑语
我悄悄离席，在葡萄园和薰衣草之间
仰望一弯新月，耕犁般开垦夜空
种植葡萄和薰衣草?
白葡萄般的繁星能压榨出一大木桶白昼?
薰衣草般的曙光，染香绸缎和乳房。

我独享伊犁一角的静美
像在旅馆等待情人时满怀喜忧。
转眼，我将在伊犁消失、在尘世消失
移居天空，在新月与繁星间生活
醉醺醺的脚印像云朵
偶尔以雨水的形式重返大地。

盛宴上的朋友们觥筹交错。
悄悄入座。没有人发现我从天空回来
没有人看出我内心发生了什么。
落地窗外的葡萄园和薰衣草知道
我练习了亡灵的一次轻盈、
生灵的一次依依不舍。

2014-07-21

绿洲

它需要沙漠的围困
像老人的春心，必须有皮肉的荒凉来反讽。

它需要高海拔的寒意
像死神让一个人必须同时抱紧旧爱和新欢。

它需要干旱的威逼
像陈词滥调迫使一首诗必须掘出诗眼这一井泉水。

绿洲——春心、旧爱新欢、诗眼——
多么难，所以，必须多么绿。

2014-07-22

一匹马或属马的女子

我多次写到马。雨中的马、黄昏的马、
河边饮水的马、马头琴上的马、
布景为草原的马戏团里的马、
骨骼像排比句一样汹涌向前的马——
一切的马，带来风、宽阔和激动。

在新疆，想念马达推动的内地生活和
一个属马的女子——梳马尾辫，
局部地区充满草香和虫鸣。
我，属兔的骑手，在马上和草原深处
感受兔子般的喜悦和不安。

马应当爱我，它大眼里的我多么孤单。
那一个属马的女子应当爱我——
她身体、墨水瓶、我未来的墓穴
这三个洞窟，足以收留一只因软弱而
必须假装狡猾的兔子。

2014-07-23

观察伊犁马的十三种方式

一

一个美国人因观察乌鸫而成名。
我无名，观察伊犁马，再移居伊犁马的大眼——
像一滴泪，负责证实喜悦和悲伤。

二

我爱马，反复写到马。把墨水瓶看成马蹄、
白纸看成月色下的草地，这支笔，像一棵青草
在书桌上能诱导出一匹马、一个地区？

三

空悬于马脊两侧的马镫
像小学数学课上的两道填空题，等待一双正确的脚。

四

骑在蜿蜒马背上的一个孩子，骑在山顶上的一朵云。

五

一匹马看见马头琴，满身血管就响了——
拉马头琴的老人，身穿用草原裁成的灿烂长袍。

六

英俊者必须承担起英俊的命运——
日夜挺立着，像马，俯瞰又怜惜那些
躺下来陷入妄想和鼾声的牛羊、庸众、我。

七

楼梯般密集、粗壮的骨骼，召唤我一级级攀援、翻越——
到马脊梁那边的新世界里去。

八

七星瓢虫慢慢爬上马腹——
它想成为一枚女士胸针，不想成为上将胸章。

九

马埋头于河水里的暮色，
浪子埋头于女人胸脯里的暗香，
我埋头，使这首诗转折、荡漾，反映星空和飞鸟。

十

一匹马，一座由四个廊柱构成的马厩——
把隐痛和雷声密封于自身。
但马尾倾泻，暴露出体内一场失控的大雨。

十一

全世界的马很相似：长发，大眼，善于奔腾和呼喊。
人类形形色色：臃肿，蹒跚，俗艳……
突然直立起来行走的那匹马驹，最早决定姓马的那个人在草地、稻田和炊烟之间，哭了。

十二

马鬃在飞扬，青草必定在生长。

十三

伊犁的这个下午，似暮年，大雪压境。
一匹马把自身热量像电厂一样输送进我的四肢。
依靠马，我写下这首遗嘱般的诗。
一个邮差化妆成戴小皮帽的鹰，在附近耐心等待。

2014-08-05

新疆

我是过客与游客，转眼即逝
被新疆置之度外，回到一种内向的生活。
在人间，有谁不转眼即逝？
我能主宰和引领的事物
除一具老身体、若干旧照片，还有什么？

在新疆，风吹云朵也吹我
吹那玄奘、岑参、王昌龄，佛经、琵琶、薰衣草
吹那三十六国：乌孙、楼兰、浩罕、西夜……
在内地盛行的三十六计中，我只热爱
“走”——走着瞧，走着说，走着走着风就小了。

请把我喉部习惯性发炎、失语的扁桃体
置换成天山南麓一枚甘甜的扁桃
成为最新的疆土，我就不再是过客与游客。
这人世间的美好都成为我
我消逝，这美好还能怎么活？

2014-08-08

拟伊犁谣曲：黑走马

白昼漫长的伊犁，黑走马那么黑，像夜的孩子。
白杨树集聚的伊犁，黑走马那么黑，像夜的父亲。

黑色的伊犁马在走，学习伊犁河九曲的姿势。
黑色的笔尖在走，汲取伊犁河多语种的水声。

一首诗给黑走马，马儿拒绝，姑娘用歌声安慰诗人。
一堆干草给黑走马，马儿咀嚼，姑娘用怀抱收留牧人。

上马的人啊，你看到伊犁就成为伊犁。
下马的人啊，你回到内地就改变内心——

天山提高你心尖，雪一般干净，有明月涌出更好。
喀拉峻扩张你胸怀，草一般吐绿，有马粪滋育才好。

黑走马，像孩子，在歌谣般短促的光阴里，走。
黑走马，像父亲，在流水般四散别离的尘世，走。

2014-08-18

辑二 | 我写下的事物（2015）

南京记

没碰见刘禹锡和王谢堂前燕。
百姓在朱雀桥边做小生意：
炸臭豆腐、蹬三轮车、摇船、捏糖人。
我热爱这寻常景象，是入暮的标志？

从夫子庙到江南贡院一千米，
到明清书生三百年。
我不再赶考、锥刺股、囊萤映雪，
错过柳如是们的美艳、桃花和气节。

游客在两江总督署亦即总统府掠过，
像大臣、外宾、仆从、探子。
在这里看到我可能的前身：
一介书生在撰写檄文或社论。

众多亡灵与英灵，让南京多雨多雪。
长江上，汽笛仿佛军号呜咽。
残阳输血，试图让墓地里失血的人
复苏为青草和花瓣。

死神教授过的形容词
一概凝重，比如“安宁”。
诗人的笔帽犹似士兵钢盔

出生入死的汉语，怎能软弱和滥情？

轻浮的人不要经过南京
轻浮的人要经过南京
去成为江水冲洗的石头——
墨水东流，日夜拷问一块镇纸。

2015-02-25

扬州慢

南宋以后用“扬州慢”词牌写作的人
周身充满一座城池的疼痛——
要么让扬州像受伤的头颅引领生命
要么躲开，去念奴娇、点绛唇。

二十四桥与春风十里仍在。
幻想娶一朵芍药为妻的人，须暗藏
“感时忧国、才华横溢”这古老的病。
我平庸，喝茶、泡澡、吃炒饭。

楼船、夜雪、瓜洲渡
已转型为游船、雪铁龙汽车、风景区。
我爬上马背照相，手挥小钢笔
向铁马冰河中的前驱和利剑致敬。

长江对岸是镇江、金山寺。
我一直喝醋养生，充满酸楚感——
谁是恨我怨我的法海、白娘子？
明月在天，像东海新生的一个婴儿。

2015-02-27

在海鲜店

桌子上的木纹在模仿窗外波涛，
让碗碟有了转型为船的冲动
让筷子有了桨的责任和快感。

送餐员手托木盘和海鲜，
他是暗礁的化身？托起木盘上的大海
要有雄伟的臂力和海藻般的血管。

想起与海有关的名人名句，比如曹操
东临碣石。而我东临海鲜店
转瞬即逝，无名，所以无声无息。

海鲜入肠，虚构出小人物的海量和胸怀。
以口腹之欢向大海和永恒致敬，
我朝窗外的蔚蓝举了举酒杯。

2015-05-15

海鸟博物馆

类似名人故居挽留一个名字，
斯人早已销声匿迹。
海鸟博物馆在播放鸟鸣录音带
像播放名人遗言。
海鸟标本深处塞一团乱麻，
我摸摸自己胸口和心事。

无名者暗怀小欢喜小忧伤，
缺乏被回忆的价值。
海鸟博物馆外，大海和滩涂
有幸存的羽毛、幸存的飞——
鸟必须飞，这不是美学行为
而关乎生死。

海边剧场，芭蕾舞演员展臂
踮起笔尖似的脚尖
在稿纸般的舞台上脱离危境。
一个诗人，一只海鸟
无论是否珍稀，都必须飞
在墨水瓶一样自由的大海里。

2015-05-18

把一辆旧汽车开进海滩

一侧是树绿，一侧是海蓝。
汽车在绿蓝之间宛转盘旋向上
到达峰顶，再下降至海滩。

后视镜中，往事宛转盘旋、到达峰顶
再下降至彻底的晚年。

欢乐的绿，忧伤的蓝，从两侧包围我。
旧汽车像贝壳，我的老躯体
像贝壳内的暮色
在海滩上随风滚动很愉快。

这皱纹与老年斑组成的躯体也像蚌壳，
一颗心就是沙砾，在隐痛、磨砺中
成为心脏病或……珍珠？
躲避不掉饰品的命运，
梦想少女耳垂，厌倦贵妇脖颈。

现在，一辆旧汽车羡慕附近一叶小舟
而非远处那艘巨轮。
但我欠缺舟子臂力和鱼腥气，
在救生圈拥护下游进大海，直到星辰满天。

上岸，倒叙、盘旋、回到人海，

四盏车灯假装是新配置的四点渔火。

2015-06-26

避雨记

江面上掠过一艘货轮
像大手，擦拭咖啡馆落地窗上的水雾。
你默坐，长发如大雨淋漓
让我的身体无法躲避。

咖啡里的苦涩和糖在纠缠
雨声如同小语种。
多年后，咖啡馆、货轮和雨声
屡屡浮现，我缺乏一个随行翻译。

不懂你，是因为不懂我自己。
没有伞的人，只能等待雨声消失。
又一艘货轮模模糊糊掠过江面
是一种告别的手势。

2015-07-23

大河村遗址

秋风中，我与两个女子结伴来访。
大河奔流，大河村消失于郑州主城区。
一座遗址像镇纸
把祖先的房基、种子、箭镞、铁器、灰烬、爱
安放此地，等待数千年后的人们
鸟瞰一卷水墨烟火——

现代层（第一、二层）
商文化层（第三、四、五层）
二里头文化层（第六、七、八层）
龙山文化层（第九、十层）
仰韶文化层（第十一、十二、十三、十四层）
仰韶文化前期（第十五、十六、十七层）——

以上六行，抄自大河村遗址博物馆内
玻璃封存的现场挖掘文化层标签。
自下而上，土色由深到浅，像长夜渐次破晓。
这是一座建设在地下的十七层大厦？
一个古人乘坐电梯上升到地表
就能够体验第一、二层的现代生活。

他将动作幅度很大地向我挥手
像召唤一个野外猎人回茅屋共进晚餐。

我也在狩猎，捏一支笔在写字楼内奔跑
像捏一把刀追击财务数据和谎言。
但古人只对生动具体的事物感兴趣
比如野兔、乳房、明月。

两个女子更惊喜于遗址外的
一大片丝瓜、葵花和蝴蝶，合影且觊觎。
她们就是生动具体的事物，
负责保存远古的爱意、美感和哀伤。
当然，表现形式有赤裸与掩饰之不同，
像裙子之于树叶，香水之于草腥气。

我与这一条大河血型相同
宽窄、长短与缓急，略有差异。
倘妄想向后世遗传若干笔迹如彩陶纹理
需邀请一个古人乘电梯上升
教导我如何把墨水瓶改造成陶窑，
让汉字，穿过火焰与河水。

2015-08-25

菩提寺记

伏牛山中太阳好。
蜜蜂坐着的荷花，比菩萨坐着的莲台鲜艳
——菩萨想与蜜蜂换换位置和责任？
反正佛经也是甜言蜜语
反正推门而进的祈祷者都有苦涩的心。

有蜂箱二三像小古寺——
穿僧衣、戴网纱，我就成为僧人、养蜂人
去服侍菩萨或蜜蜂。

寺前晒着几十个棉被，绚烂如花园
为素淡的清修生活加热。
寺檐下竟有一双红布鞋，暗香袭人。
我没有看见僧尼或村姑，
太阳在看着她。

一个游客、过客，被伏牛山风声和泉水
修复心跳和眼神。

2015-09-11

刘禹锡墓口占

周围的杨树和桃树，“尽是刘郎去后栽”。
这墓地如陋室，如你吟诵过的
南阳诸葛庐、西蜀子云亭。
陋室中的人，品德芳馨
墓地草香就蒸腾得异常浓烈。

白居易、李商隐和你
定居于黄河边三座陋室，便于诗学交流？
把汉字千淘万漉、吹尽狂沙——
夕阳，金子般悬垂于墓顶。
拜谒你，我须领会汉语的炼金术。

有一只仙鹤形状的风筝掠过
是你从墓地内放飞出的一件教具
讲解诗情与碧霄之间的关系。
秋日与春朝，被前人写尽，
我的句子能否成为草叶上的露水和蜂蜜？

2015-09-16

桃花峪记

霜降了，桃花只能开放在言辞里。
此地为黄河中下游分界处——
一条河流被区分为三阶段，
人生各个时期模糊难辨
像桃花峪前后的河水，浑然为一。

黄河暗自加强对盐分和蔚蓝的渴求。
像人到中年需要补钙、染发
穿儿子淘汰的牛仔裤
修改甚至烧毁日记中的隐痛和暗疾——
晚年一样的入海口，近了。

乙未秋，若干教授携研究生到此一游
生动演绎精神的赓续与剧变。
我独自横跨这条分界线
是一个反讽：左腿不是右腿的导师，
谬误与真理有相同的步调和血型？

以黄河为背景留影，很必要——
水色与肤色浑然一体
流水声和汉语绵延一致。
一只鸟越河而去，那是我的手越腰而去
获得了母亲伟大的体温。

2015-09-18

假期快乐

环绕家门前的池塘旅游
景色无价、亲密、朴素，像爱情。
蚂蚁、七星瓢虫熙熙攘攘
没有断绝一个人的来路和归途——
以上是关于我的假期新闻，
由一只名气不大的青蛙断续播报。

麻雀停泊在草坪上。
携带不安，就无法通过安检。
它滑行、起飞，满载尘世的旧情前欢?
我站在眼镜这一玻璃窗后目送。
此时，朋友们拥堵在高速公路上
遛狗、吃方便面、发微信。

人到晚年，家门前这一池塘
就是五湖四海，荷叶翩飞就是小舟大船。
我已成为自己的码头和海平线。
喃喃低语："假期快乐啊！"
在死亡这一长假来临前
一个人要练习如何掩饰喜悦和眷恋。

2015-10-01

在衡山路

衡山路在上海不在衡山
我不是山中的僧人或大雁。
在衡山路晃荡，咖啡馆、酒吧、时装店
假装是山中小寺或沙滩？

“塞下秋来，衡阳雁去……”
志士范仲淹拒绝桃花源
优美的北宋大雁，在汉语的天空
写出忧乐参半的“人”字。

当代才子佳人若欲南飞、
取暖、参禅悟道，需降低血压、还清贷款、
展开双臂，摆脱空中管制——
多么难，就多么必要。

在衡山路上晃荡、唠叨
不是诵经也不是雁叫。
暮色里迷失了南北西东，
我辨认不清内心的留意与别意。

2015-10-08

一只鸟掠过停车场

一只鸟掠过停车场
不像掠过马场时那样自然、放松。
汽车两侧的反光镜比马耳刺目
车身也没有鬃毛、虫子，可供觅食。

我在六楼落地窗前，
偶然看见这一只鸟掠过停车场。
想起去年夏天、伊犁河谷、马嘶、
山坡上擦肩而过的一个女子。

一只鸟引发我内心的动荡
使今天与昨日有了区别——
但那是一只鸟而非一张风中的废纸吗?
我怀疑自己的视力和判断力。

但内心的马场日益明确……
在中年，在上海，要有把废纸看成鸟儿、
废纸篓看成鸟巢的能力，才能让轮胎
露出马脚，涌现草原。

2015–10–18

霜降日飞抵新郑机场

抱歉，我携带严霜从天而降。
全世界的机场都相似：广告中的美人珠宝，
按摩椅上的睡眠者，书店中的成功学，
麦当劳，延误，安检——

新郑机场就是浦东机场
全世界鸟巢遵循同一种建筑学
类似于各阶级的人体服从于同一种生理学。

同一行李箱使归来与出走毫无区别——
身体半旧，如急剧流失的水土
需要用回忆和药瓶去加固。

乘车入郑州。两鬓白发
向中原半凉的暮色和新月，表达愧意和哀伤。
音箱中的豫剧曲牌迥异于沪剧——
大桃红罢小桃红。

车窗外的白杨，枝条与主干间的关系
简明扼要，教育我：
“还乡就是学习叶落”——
两天后，返回浦东，就是从树根行至树梢
迸发新一轮绿意和鸟叫？

只有故乡，无怨照拂如春分
只有故乡，看我犹是少年人。

2015-10-24

在静安公园与沈苇喝茶

谈了谈儿女、朋友以及
他的湖州、新疆，我的南阳、上海。
两个移居中年边境的人
看静安寺在二十米外金黄，走神三秒，
想了想语言之寺和诗。

在这不安静的时代里
诗人以素纸为僧衣，推敲月下门。
南京西路的车潮和人流考验着
静安寺内莲花的清新度、木鱼的泳姿。
寺门前，石狮子沉郁顿挫如老杜甫。

沈苇，我，是两艘当代草船
让长句短句纷纷射向雾霾中的内心——
让长箭短箭转化为令箭荷花
涌出浑浊不堪的肉体，
一个诗人才有资格接受蜻蜓和夏天。

两杯红茶使体内水位上升一厘米？
旅行箱在沈苇脚边，乌鲁木齐在机票里。
握别。静安公园里的暮色
在我们腾出的两把椅子上填空，
继续谈论星辰和灯火的辩证关系。

2015-11-05

林中小路

群峰之间这一条林中小路
弗罗斯特大叔没走过，我来走。

落叶密集，似采药人的一层层脚印。
五百米外有一条高速公路和公共的命运。

隐约听见乌鸦歌唱，是好消息：
我暂时没有被喜鹊的甜言蜜语所遮蔽——

诗人须见证和预言种种痛失，
一支笔，耻于进入唇膏、眉笔的序列。

外衣被藤蔓牵扯、浸染出绿意，
锯齿草们联手锯掉一个人的归途。

在绝句般的绝壁前止步——
朝前一跃，就剧变成乌鸦、草药、风。

2015-11-11

小湖泊

群山需要心脏，人体需要小湖泊。
阳光在湖面突然闪亮
像早年的爱和愤怒一瞬间涌上心头。

但树林的绿骨肉比我四肢有力。
从小湖泊此岸到对岸
无须搭桥手术。

而我心律不齐，医生在处方上
没有写出潦草的鱼和月色。
城市里，普遍虚构假山和人工池塘。

“留下爱，让愤怒像云团
溢出群山与肉体，化为春雨。”
一个导师化装成鸟，在湖中央高声授课。

2015-11-13

在山中读刘勰《文心雕龙》

“根深而颖峻”。
悬崖上的松点头同意。
“源奥而派生”。
涧水持续推动下游的江河与自来水公司。
“秘响旁通，伏才潜发”。鹧鸪低鸣鲜花放。
“文之英蕤，有秀有隐”。孤峰入云似小生。
“物色相召，谁能获安”。
我不安，述往事，思来者——

万物成为刘勰的助教
传授雕龙而非雕虫之技。
我是群山的过客、假山的知己。
山中凿子、雕刀、斧头，拒绝与电脑键盘交流。
只能幻想在书桌这一小平原上
发生一场造山运动——
深文隐蔚，墨盒幽远处
点亮一条龙的眼睛。

2015-11-16

湖边古亭

我惊动了古亭旁边荷叶丛中的鸟。
鸟飞起，一、二、三……
众鸟高飞尽。

古亭翘檐，在修炼鸟翅的形式和内力？
檐下风铃七八声，近于鸟鸣水平——
在哪一个凌晨突然飞起？

能惊动古亭的事物，比我庞大、危险。
古亭飞走湖寂寞。
我来去，对湖的情感毫无影响力。

湖边，一丛美人蕉如美人伫立
等待奇迹：看一座古亭如何脱胎换骨
成为理想中的爱人

2015-11-17

徐志摩故居游记

你著名，就拥有故居、门票、旅行社旗帜
我无名，出现在这座三层小楼
像信使，传递“爱眉小札”
或“人间四月天”一类春风燕语。

“才子情种”与“美人艳妇”对偶
仄平平仄，诗文与生活波澜四起、韵味十足，
让凡人庸众在晚报、通俗小说或电视剧里
看传奇故事，听流言绯闻。

高潮在济南雾中的山顶戛然而止——
“济南号”邮政飞机装满民国的情书、合同，
你是其中最热烈的一个绝句
献给北平城里的林徽因。

爱需要回应，像山涧流水需要云影
而死亡，一个人就能独自完成。
以缺席强化在场感
以故居，证明灵魂的有家难归或无家可归。

在你与陆小曼的蜜月新房里一掠而过
不带走一丝月色——你是新月派，
清瘦、早亡，始终处于不满的状态。

我肥胖，挤进满意的火车和上海。

2015-12-17

家具城记

双人床公开期待体温和爱情。
书柜空茫，如子宫里培育中的头脑。
餐桌在想象晚餐、围坐者和低语。
六把椅子，假装六种立场。
落地灯模仿落日，长沙发在滋生长河般的感伤——
一个人的阅读、斜卧、拥吻，很快就会消失。

不同品牌的家具，期待组成
欧式、日式、中式等等不同风格的晨昏，
作为不同命运的家庭合影背景。
家具城里，若干游荡者躺下复坐起，
掏出卷尺衡量目前的局限性和容忍度，
拉开抽屉，恍惚看见一份合同、一封情书？

与人间的喜怒哀乐悲恐惊，隐秘对称。
不同色泽和硬度的孤寒
需要若干木质、布质、皮质、铁质的器物
合作命运之舟，横渡公共的寒流。
当然，家具也会构成一个室内剧小舞台
让画眉鸟坐在包厢里观看。

当然，有人仅仅以游荡为目的
在一个积满灰尘的角落里沉沉睡去。

他缺乏更新自我的勇气或能力？
无家可归？“欢迎新生活、
新人、成功、剧变，拒绝犹疑不定、
暧昧、衰老、失败”——

这就是家具城信条，像唱诗班歌词。
教堂葬礼上必然出现的棺材
也是一种家具？但本地家具城回避终点
像诗歌和财务报表，喜欢另起一行
虚构起点，鼓励一个旧人
做出重新起跑的姿势。

2015-12-28

我写下的事物

我写下的事物活在纸上和人间。
没有写下的事物，从未降生或已死去。

是时候了，刀尺苦寒，急砧促别——
街道上的落日、树木、飞鸟、光，
郊区的河流、风、南方，一次拥抱万古愁。

我写下的这些事物
多么少、多么苦涩，像大海旁边的两瓢水。
我只能生息于这两瓢水，像盐粒。

两瓢水和盐粒，组成谁的眼眶和泪雨？

谁读到我写下的事物并心疼
谁就能把我轻轻哭回这亲爱的尘世。

2015-12-30

辑三 | 沿着河走（2016—2017）

苏州河腊月的一个黄昏

桥洞里，一个流浪者在人行道边的破被子下
沉沉大睡，像头熊
用冬眠来对待冷峻的现实。

卡车、货车反复穿越桥洞中间的道路
隆隆作响像春雷，试图结束美梦或噩梦——
像医生在对流浪症进行穿刺。

河面上波纹缕缕，像神的指纹、证词和诺言：
“再努力半个月，
你就是一河春水了。”

有鸟飞过的柳树，会先绿两三天。
仰头看见鸟飞的人
推迟五分钟进入暮年。

2016-01-18

搬家记

搬入新居——新钥匙像新婚。
不安和愧疚大约会持续半月左右
适应新居像适应新爱人?

路过旧居，像探视前妻。
搬家如背叛——新阳台如轮船甲板
一个叛徒在抵达新水域、新海岸……

抵达晚年。在对青春、壮丽、旧爱新欢的
次第背叛中面目全非。
最后，背叛并搬出自己的肉体。

墓地是最后的新居。一个叛逃进泥土的人
终于把立场和世界观
稳固为野草之绿、蜂蜜之甜。

2016-01-20

零下七度，北海公园游记

湖面成为冰镜子，照出白日
还想照一照湖边的北京生活，取暖？
几个溜冰者，像几只手
在掩饰镜中瑕疵。

湖心白塔像白发人
回忆那些荡起双桨的孩子。
几个聋哑者，在小寺前用戴手套的手
说着温度稍高的手语。

我好像也聋了。没有鸟鸣、叫卖声
没有俞平伯当年此地的
念白和他雇来的
一把京胡、一船西皮流水。

我好像也哑了。沿湖走一周
像围着零下的遗体走一周。
沉默是合适的告别辞，
我必须节约汉语中的悲哀。

首次进入北海公园遭受冷遇——
练习适应晚年的寒意。
再度来，须选择夏季，收集满湖荷花

作为穷途末路上的灯火。

2016-01-22

新春祭父记

在开往南阳的火车上度除夕。
沿途，江苏、安徽的焰火腾空而起
像亡父的手语，持续向我招呼。
车厢内挤满乡亲和乡音，一群故乡的叛徒
把绿皮火车改造成南阳的飞地。

初一晨，与弟弟赴独山墓园祭父。
需要多么强烈的美酒和春意
才能让一个长眠者醒来？
“爸，新年好啊！”
正月的亡灵像晴空里的云，干净又自在。

周围大群祭奠者如春游，欢快大于悲伤。
墓园就是车站、码头、机场，
彼此终将是出发或者说抵达的人。
无须安检，我带一盒火柴
为多年未见面的父亲点燃香烟。

中午，在餐桌上为父亲
保留一双筷子、一只手、一种存在感。
出门，醉醺醺晃荡于南阳城。
看清真寺顶一弯铁打的新月在白昼闪耀
说明光阴之匮乏和紧迫？

从除夕到元宵，乌鸦预警机停止起飞
喜鹊们广泛传播幸福的幻影。
孩子们穿着稍显宽大的新衣奔跑
在适应不太合身的新形势?
一仰头，我就看见郊外的父亲和独山——

那是一座盛产独玉的名山。
母亲姓名含着“玉”字。独山和玉
决定我的个人史:爱孤独，爱玉一样的汉语。
河边柳树绿了，像女子们腰肢荡漾。
父亲，让我替你保存一颗春心。

2016-02-16

春分日小记

坐在一堆文书之间
周围是竞争、商机和垂直电梯——
上海的危崖和绝壁。一杯茶
被压力从郊外水库逼上这座写字楼，
前来缓解我晚年的渴意和可疑。

春分日，像女子卧于床榻
分开夜与昼，分开左身潺潺的旧悲伤、
右身淙淙的新欢喜——
像一座分水岭，辨别、分流出
人性的寒暖和晦明。

早年爱过的女子，能谅解我流动中的
迟疑、肤浅和浑浊？
她的四肢、胸脯和草香，
过滤、净化着我的灵魂。
现在，我来到分水岭下的晚年。

处于她的脚踝边？渐趋枯竭，
但仍存在被沿途景象污染的可能性。
春分日，在废纸背面写下这首诗
像微弱的水声，向一次青春、若干分别
致歉复致敬。

2016-03-20

温泉记

赤裸如婴儿，在温泉就是在子宫。
明月慈祥如母亲的脸。
丙申秋，与若干友人共浴
如同胞共生于母爱。
泉边，有岩石、松、佛龛、油灯……

川端康成怀念伊豆的温泉和雪，
写小说，用一个舞女的爱意
抵抗东京孤穷。
我也想起若干旧事，起风了，
泉边油灯显得危急。

江南温泉没有新雪和艳遇，
仍足以让一个衰朽者
恍惚回归夏天，像残荷重生尖尖角。
有蜻蜓二三，把我微秃的头顶
更新为一座停机坪。

2016-08-21

一个乳腺科大夫的手记

我每天都在研究乳房——
鲜艳、衰竭、丰满、平淡、疼痛。
一个患者面对爱人和婴儿之外的这种
抚摸和审视，无羞愧，有伤感。
一个大夫，像戴口罩的秋风
吹动这些濒临坍塌的房顶。

麻醉剂说服她们暂时放弃
对生活的痴迷，接受一次死亡实验。
手术刀不屑与笔杆讨论现实主义、
与中药罐辨析中庸之道，
直接介入，把肿瘤乃至整个乳房切除
类似房地产公司的推土机、铁锹。

醒来，她们会提出共同的问题：
“几点了？”这是一种婉转试探。
丧失之时间长短，表明手术之难易：
五小时以上的不在场
都会有死神在无影灯下驾驶轰炸机
一次次俯冲向乳房之房顶。

这些胸，这些伤痕累累的废墟。
恢复其春意和暗香

是医学而非诗学的责任。
比如，在空洞的乳房表象下填充假体
使爱人和婴儿的手在其胸怀的地平线上
保持一跃而起的动感和亲密。

乳房病变与雌性激素之激烈有关，
激烈拥护或反对雄性激素——
激烈的爱与不爱，都是危险和死？
浅蓝色病员服如军服，排斥时装和性感。
生活的战场上溃败下来的同盟军
手提输液瓶散步，像手握炸弹自卫。

同病相怜，用相同的疑难作为暗语，
就能摆脱孤穷之境地？
清晨，若干男人携带雄性激素、手捧鲜花
在妇科病区进出、沉思
洋溢出“女性之敌”和“女性之友”
双重的暧昧和阴郁。

从大夫转换为丈夫，自手术室回到卧室
我在妻子乳房上试图恢复美感。
双手不由自主陷入职业化的探索
像探雷器掠过繁荣的田野
更像布雷器埋下伤害的可能？
双人床上空，吊灯信号弹一般升起。

2016-03-23

五月的第一天

五月了，花朵和光线勤奋劳动。
我不劳而获，在菜市场闲逛
看美妇人痛快切肉像斩断情事和春愁。
小贩叫卖牵牛花、秋葵、番茄一类种子，
知悉我无田园、少体力
就兜售风铃、扇子和草席。

抱一坛梅子酒回家，万物清和。
自我与人世，大局已定。
宜微醺、午睡，像白居易
移榻于湖边树阴，肥胖，翻禁书，
不作为，说家常话，自适，
方能适应阳台上只有一缸睡莲之现实。

清洗空调过滤器和凉鞋很必要
换纱窗很必要
嘱咐亲人吃西瓜、败火、不思进取很必要
给老汽车加冷却液很必要
背离导航仪进入草长莺飞的土路很必要
在月色里记着回家，很必要。

五月的第一天过去了
花香和光线转暗。

倒春寒里积蓄的敌意完全消失。

镜中，老年斑如慈祥的星辰。

五月最后一天紧邻儿童节，多好。

池塘边，我与青蛙开始排练童声合唱。

2016-05-04

芒种日有雨偶得数句

有锋芒的事物，成熟或播种
比如麦子和稻子。
收割机和插秧机们很忙。

我笔尖丧失锋芒，圆滑如鹅卵石
对孵化出小鹅也缺乏信心。

一个老人，宜读寒山诗
不宜辨别女人睫毛光芒之真假。
绿荫浓重燕归迟。

芒种于植物有意义，于我是反讽：
一张书桌贫瘠而荒芜
因缺乏闪电与雷霆之照临？

雨水哗哗啦啦敦促我
把笔尖插进书房外的大地。

2016-06-06

梅雨记

在梅雨季节读几首写马的诗，
马鬃和雨丝纠缠在一起。
水花或者说马蹄，潺潺奔驰。
玻璃窗把几首马阻隔在马嘶般的雨声里。

在上海爱一匹马，多么虚幻。
宝马、人头马、爱马仕、马董事长……
与马的关系多么可疑。
没有草原的人爱一匹马，多么伤感。

像丧失青春的人，爱一个少女
多么羞耻而又干净。
几首马、一场梅雨，让我从窗前落地灯中
渐渐看清马头和日出。

梅雨后，马群的浮现就比较困难。
我准备把淋浴室改造成人工小雨季，
在热水的朗诵声中恍惚也能
骑上马背，潺潺奔驰。

2016-06-22

台风吹至

台风催促东海上的云朵更新上海
外滩在寻找海滩感——
我距离一个渔夫的情怀，还有三天？
把书桌转换为一艘船
只需要抓紧写出一首好诗。

由弱渐强，台风吹至
像爱意驱散恨意、愁意、失意——
把公交车站看成码头，下车女子
长发迎风四散像爱人激动地越海而来
随身携带一个好夜晚。

一首好诗加上一个好夜晚
再加上一座盐库
就能克服上海与东海之间的差距。
破解经济与自我之间的疑点和困局，
需要台风、云朵和浪漫主义。

需要写实主义的晚餐支持想象力。
在剧烈风声中去海鲜市场
看鱼鳞联合重组出波光粼粼的小东海。
拎一条鱼回家，我右手
很像一头鲸鱼所跃出的岛屿！　2016-07-07

航班延误

延误于天气恶劣、飞机维修、
军事演习或飞行员的热恋、酣眠？
只有云朵能拒绝空中管制，
满载不同口音和国籍的雨滴
在机场上空随意来去。

跑道四周的铁丝安全网像鸟笼。
鸟笼里的飞机想起关羽？
他在各地的泥塑里接受香火
羽毛关闭于道德。
而张飞早已转化成小鸟和云朵？

航班延误更像一种警示：
“借助飞机获得小鸟感、云朵感，
多么虚幻。”我用张飞斧头
改造成的笔尖须被托运——
它自在，所以它危险。

2016-08-12

首都机场观月记

停机坪上方的探照灯
含着不规则的阴影。
我凑近候机厅落地窗，仔细辨认——
原来是一轮空前圆满的月亮。

探照灯是伪君子
毫无瑕疵以供指责。
跑道尽头的月亮，召唤我凭机票
去加入一种高寒清新的思想。

与它久久对视如遇导师。
周围候机者也痴痴眺望落地窗外，
像看见爱人、父亲、
一个巨额的银库？

登机。腾空。在临窗座位上
不断调整我与月亮间的
师生关系——它在讲台走动
口吐莲花即漫天星辰。

把隐疾和暗喜坦陈为环形山，
一弯新月就能散发出
中年后的光辉——

像一首诗，由刻薄而臻伟大的浑然。

2016-09-15

良夜

两只鸟说着话飞过去了
后面跟着夜色和灯火
慰藉这尘世里疲顿的人心。

临河而坐，我们也说话、喝酒。
乌篷船吱呀吱呀划过
像越剧里的一缕水袖和叹息。

狗卧在旁边等骨头。
它懂得人间的苦辣酸甜和醉意
它扭过脸去，假装在听河水。

河水的尽头是东海——
去复去兮万事休。
少年尽芳朝，我辈尽余欢。

秋分后，夜长于白昼。
为梦话准备盐粒和蜂蜜吧
乌桕树叶子落在脚边，像拖鞋。

2016-09-24

沿着河走

中午，沿着一条河走。
纸灯笼只能向河水借波光，微微亮。
河埠头捣衣的妇人
对秋凉和亲人体味，比洗衣机敏感。

枕河而居的人，易梦见鱼水之欢——
以河为弯曲的枕头
需要多么盛大的床榻和缠绵
才配得上这九月的桂花香。

这绣满了浪花的枕头和梦
足以承受降温的生活——
爱和被爱，是加姜丝后煮沸的、
十五年以上历史的黄酒。

沿河走了一个中午。
众多小石桥及其倒影，那么圆
像众多的小嘴巴和吻
使这一条波动的枕头，完整无忧。

2016-09-25

在嘉善

在嘉善，一个恶人是否会不安、失眠？
如何让一具破败、有毒的身体
转化为嘉善之田园？

丙申秋，西塘土酒以流水之名
在我肠胃肺腑间洗尘埃。
旅馆镜子反映一个醉醺醺的自我——
镜面瑕疵，似劣迹与隐痛。

一夜沉睡，没有不安和失眠。
也许我无愧于人，也许我不可救药。

需要一个爱人，证明我值得被爱。
需要写一首情诗，证明我内心像小江南
鱼戏莲叶间。

但我目前是一池困难的湖水
还能暗藏若干蜻蜓、莲藕和夏天？

2016-09-27

秋日傍晚过白堤

白居易用舟楫改制成毛笔
饱蘸砚台里的西湖，写出这一行唐诗、情诗——
起笔于苏小小的慕才亭，止笔于白娘子的断桥。

在中国，爱情的强度和烈度
依赖女子们来阐释和证明——
从倾慕，到肠断，且看这一行白堤。

男人们走过白堤，用暮色掩盖满脸羞愧。
爱情与婚姻中的潦草游客，
纷纷逃回湖边旅馆。

看半湖的莲，渐渐不分明。
那小胸脯般的莲蓬，有芳心如莲子——
怜子、怜爱某一士子，熟了，也就苦了。

半湖女子，身穿枯莲叶这旧了的裙子。

2016-10-21

在西溪湿地走一个下午

一只鸟，把植物的思想翻译几声。
我咳嗽着、羞愧着，连像样的回应和身影也没有。
鸟懊丧，展臂隐入芦苇丛。

把这广大而强烈的桂花香理解成美人体息，妥否？
想起一个女子和卧室，妥否？

野草半绿半黄，掩映一尊小石佛。
佛露天，对人间冷暖体贴入微——
它张大嘴呼吸，桂花香比信徒点燃的纸香更好闻。

在西溪湿地游走一个下午
无人相逢，加大了我进入一枚野果的可能性。

傍晚，微雨，我的确找不到归路了。
一盏灯在湖对岸隐约亮起，是一颗佛心？

2016-10-23

在太湖

通往湖边的路，在怜悯通往交易所的路。
通往湖水的我，在怜悯市场交易中的我。

湖边树木赤脚站在水里一动不动
爱湖上的暮色、新月和飞鸟。
这样的爱，固执、悲伤而动人。

这么多树，这么多爱
让太湖只能做一个伟大母亲而非情人。
她三州十县八百里的怀抱，以吴歌为摇篮曲。

我有皮鞋、凉鞋、运动鞋，跑来跑去
只能成为太湖的过客
无法获得湖中岛屿这乳房的哺育。

一个老人也需要更老的母爱，
只能在墨水瓶内虚构小湖泊和母亲？

我满头白发如白云，埋入湖水亦即墨水的衣襟。

2016-11-08

十一月的美国

我坐在副驾驶座上，有些失落。
儿子掌握方向，前程远大，像刚刚独立的小国家。
一个父亲被载入异样的暮色和老境。

纽约至华盛顿的九十五号高速公路上空
各种肤色的云朵携手游行，红、黄、白、黑……
反对种族歧视和边界？
随便到各种主义和党派上空，抽烟、小便——

小雨淅沥。十一月，寒冷在美国执政。
阳光是微弱的反对党
在野，不在主席台和客厅。

风吹落叶，如同在质疑选票的真伪与合法性。
新一届树叶，预谋在明年春季掌握嫩绿的权柄？

2016-11-19

美国国家美术馆内的田野

当然，这是油画中十九世纪的田野——
一对年轻男女隔篱笆俯身说话。
面目不清，国籍不明，沐浴加州的阳光?
也像沉浸于中国河南的黄昏。

若想越过内心篱笆，需要再谈半年左右?
在没有微信的旧时代，
爱情的速度和态度，缓慢、模糊但持久——

那男子俯身于篱笆的姿态将日益动人。
我俯身于电脑键盘，日渐萎靡。

我的爱配不上田野里的清风、呼喊和草香，
书桌对面，空无一人。

2016-11-19

在纽约遇见中国

从汉语的通胀，进入英语的紧缩——
我成为言辞的穷人，舌头这一小词汇表
只剩下“你好”“再见”“水”“我爱你”……
就足以抒情、抵抗恐惧？

紧随儿子，我才能穿过曼哈顿
这一座现金流们澎湃拥护的岛屿。

有“川菜”“上海旗袍”“苏绣”等等招牌零星显现
像茫茫水域中的若干浮木，拯救我的视线。

一辆描绘有长城、熊猫、兵马俑等广告图案的
中国旅行社大巴车掠过街头
使我一瞬间回到繁体版的辞海——

辞海边，一个汉人的血正汹涌拍岸。

2016-11-20

地铁车站，致庞德

曼哈顿的地铁出口，陈旧、幽暗、狭长
确实像你眼中湿漉漉的枝条——
一张汉人的脸，是什么样的花瓣？

中国的地铁很新，车站像商场、
进出者像汹涌商品
恐惧于被剧变的时代折旧、清仓、废弃。

你爱唐代中国，把李白长衫翻译为西装
裹紧沉醉和惆怅
就是裹紧春风和月光，意就是象。

我爱意象派，但正趋于抽象——
丧失故乡和旧情前欢，一个人只能与虚无
结为知己和对手？

“做一朵蜡梅吧，在中国的驿站、断桥边。”
这低语一闪即逝。我急忙在人流中四顾
已看不见你的影子。

2016-11-21

纽约街头的溜冰场

一个巨大圆形溜冰场，像结冰的池塘和湖泊。
溜冰者假装成低温的燕子、喜鹊
向春天发出呼吁。

史蒂文斯如果站在旁边，会嘀咕：
“一群乌鸫嘛——穿冰鞋，是乌鸫生活新方式？”

我穿旅游鞋，环顾冰场四周
没有荷叶、梅花、蒹葭、宫墙柳。
像西湖、太湖、鄱阳湖里冬眠的青蛙，一声不吭。

但我脑海没有结冰，且大于太平洋——
一条隐秘航线，在瞬间抵达祖国。

2016-11-21

蒙顿街44号，致布罗茨基

乘马车来蒙顿街 44 号，我不是骑手
这一匹马也就不黑。
旧居就是旧鸟巢，你早已飞出自己的身体
像俄语飞出俄罗斯。

在中国，屡屡打开你诗集这一扇窗，
我像苏州小园林，借你的悲伤和理智为外景
缓解内部匮乏和孤穷。

又不能借你太多——
只有摆脱雷同和陈词滥调，一个人、一首诗
才能在你苛刻的视野里拥有一席之地。

我热爱少女们破晓般的天真，
你坚持冬天般的诚实，反对美容院和脂粉气
连心脏也骤停于一月的寒意。

请允许一个苏州小园林，向你黑暗中的旧居
归还一笔尖中国的灯火和月色。

2016-11-23

一幅油画：阳光下的女人

裸体，金发，一个女人在窗前
迎接阳光这个无边的情侣——
她和地板上的身影，获得双重的拥抱和爱意。

油画家霍柏，以写实主义手法让六十岁妻子
永远伫立在惠特尼美术馆内的这幅油画。

用画笔和颜料延续灿烂体力，
他熟悉妻子身体中的每一笔疼痛和颤抖。
画面左下角，签名暗红，像永别时分的吻痕——
一九六七年，霍柏去世。

一个少年牵着后现代主义风格的大狗
在油画前驻足，是霍柏的青春期回访晚年？

美术馆窗外是灰调子的纽约和冬季。
只有裸露的爱，才能召唤阳光的完整性。
大厅中的一盏吊灯垂首不语，自闭复自卑？

我已皱纹满身，似冷淡的油画布和颜料——
几粒老年斑，算是几只像样的蝴蝶？

2016-11-27

在哈德逊河边想起休斯

一艘货轮满载哈德逊河上的暮色。
在那些刺青着鸟巢、锚、美人鱼的水手当中，
黑皮肤诗人休斯消失多年。

他谈过幼发拉底河、刚果河、尼罗河、密西西比河。
那河流因一首诗的照临，深邃动人。

他未访问过的长江、黄浦江、苏州河，留给我谈论？
平庸者只适合谈谈水壶和游泳池。
一个中国诗人的爱和悲愁，同样幽阔。

河流集深渊、鱼、垃圾、入海口于一身。
休斯集饥饿者、矿工、女乞丐、棉花、烟草于一身
成为公平无边的黑皮肤夜晚
敦促大地反复修正关于未来的梦呓和晨曦。

哈德逊河边的纽约灯火辉煌。
目前的美国和世界，还没有得到诗歌的肯定。

当我捏起一支笔
黄河上，就有一支木桨焕发出鲤鱼、春秋和马嘶。

2016-12-22

岁末记

岁末似临终，阳光如临终关怀？
对晚年和死亡的到来，不必惊惧。
临终亦为临盆，春天的子宫内，
万象皆婴儿。

走笔如绝笔，须干净、温暖、爱，
一切怨愤应解决在立春前。
素纸黑字如雪夜，一支笔走在雪夜里
若被错认成女子，多么美。

天气预报：南方新雪将至。
雪白附身于植物苍绿，冷艳而性感。
已婚者看见苍绿与雪白
想起初恋和生死恋？

腊梅未婚，干净的体香
弥漫于长江之南这一间广大的卧室。
文学中的爱情
结束于不断升温的婚礼和夏天。

十二月三十一日深夜，写完这首诗
我像谢幕者，向书桌和纸墨鞠躬致敬。
掀开窗帘，类似于演员再次出场前

掀开帷幕窥看。

新年身穿树林和灯火，
在观众席无边无际入座。
我的新台词、新命运准备好了吗？
让新一轮倒掌、泪水和欢呼汹涌而至。

2016-12-31

春日探访记

在华山医院探访某诗人。
自古华山一条路，华山医院也只有一条路：
手术刀就是悬崖绝壁。

一个擅长用隐喻辨认世界的人
因暗疾的阻止而沉默。
握他的手，握得像句号、凉句号。

脱离来苏水的感伤，我在世纪公园晃荡——
“世纪”与“人生”同义。
“公园”是“医院”的反义词？

玉兰花肿胀，像小乳房哺育早春。
游春者在阳光下、草地上，小寐或野餐——
假装离无影灯、病榻和吊瓶很遥远。

万象一概能重新开始，像阴历。
向野外过渡的人没有减速——
进入草根，支持公园和孩子们的飞奔。

2017-03-13

服装店记

这么多身体模型
需要性器、呼吸、香水、体味
赋予布料、皮草、丝绸以魅惑力。

需要高铁、飞机的动感，促成命运的欢快。
需要泪痕与污点，表达尘世。
需要解脱，说明夜晚、爱情、痛楚和死
一一降临。

挑选衣服的中年人，像旧山坡
挑选大雪与阵雨，微调坡度、修复裂痕。

童装的幸福感最强烈——
通过那些日新月异的小身体，可体验地皮
被种子胀破的冲动和惊喜！

2017-03-17

散步记

看见鸟比看见无人机愉快
我充满鸟的归意。
傍晚似晚年，脱鞋坐河边
随风袒露旧胸怀很愉快。

有风筝模仿鸟飞
让放风筝的人有了鸟巢感？
但他只配收放这纸一般脆弱、
彩绘一般虚伪的情感。

只有走到树枝或屋檐
这些高出日常生活的位置，
一个人方能将内心视作
一颗孵化中的鸟蛋。

回到客厅，像一个客人。
吊灯试图从我身上
垂钓天光水色以改善室内生活？
草木在裤腿感染一层暗绿。

每个人都将进入野外
那一间广阔卧室。所谓散步
就是练习适应未来床头柜上的

一盏新月、一盏初日。

2017-06-03

绵阳夜宵记

围绕烤鱼，我们坐着
像干旱的两岸，围绕三条放弃理想的鱼。

干旱的人，需要美酒、泪水和言辞
反对枯竭，重建雨季一般丰盈的局面
——可能吗？

绵阳不是绵羊，街头风声不像羊鸣。
在旱季，四川绵羊去哪里喝水？

九部手机像河床上九块渴望中的卵石。
一人翻菜谱，寻找通往河边菜地的小路？
若干目光，像微热的蝴蝶
向异性的对岸渺茫地飞。

夜深了，三条彻底消失的烤鱼
假装重新获得隐秘的流速和入海口。

2017-06-06

酷暑闻蝉鸣

蝉参禅，对尘世的秘密知了知了
蝉参禅，坐在街角处的绿叶花瓣间？
我看不见古寺深山与蒲团。

从幼弱，到老壮，需经历剧变与痛悟——
蝉蜕成中药，祛湿、清热、止风寒，
把种种病态改造成绿叶花瓣。

中年了，我对酷暑的冷意知了知了
脱衣午睡，不像蝉蜕像病句
毁掉一页大好纸帛。

2017-07-05

黄河夜宿记

停车，在黄河边的小旅馆睡了一夜
像著名的黄河鲤鱼在流水拐弯处睡了一夜。

醒来，外套上有了鱼鳞般的朝霞
我的身影依旧不够杰出。

黄河知道一个孩子回到她肥沃的怀抱
重新获得宁静和祝福。

河边葵花像无数车灯
照亮通往暮年的余途，敦促我发动汽车。

一个随身携带黄河的汉人没有异乡——
点点老年斑是河面上剧烈的漩涡和蝴蝶。

2017-08-24

秋分日过河

河把人间一分为二，像秋分。
鱼知道，河比鱼市里的水缸低了五度左右。

老人们加穿鲜艳衣衫，
为胸口处的往事前情润色、保温。

少年们不知道自己的热恋在维持冬季。
不懂得失恋的严重性。
衣裙薄弱，挥霍爱意与美感。

在秋分日过河，我没有拆这座桥——
必须假装还能原路返回旧生活。

当一首诗完成，也不宜把笔折断——
假装这些词还能原路返回内心的欢悲。

2017-09-26

辑四 | 午后的道路（2018—2019）

西湖残雪

湖对岸，宝石山和南山像两匹黑马
身体上隐约有一些白斑。

残雪让断桥一阵阵心痛
需要请一个外科医生来做搭桥手术?

湖心亭阴面余雪，像杭州城的指北针
指出北宋、岁末和晚年。

我不来，西湖的雪不会彻底消融
像父亲临终没见儿子，不会闭上眼睛。

2018-02-04

给苏东坡的一封信

二月了，我在西湖苏堤附近旅馆写信，
你能更快一些收到吧？
应该比美国诗人默温寄你的那封信
更快一些。

从北宋，到当下，
人生与杰作之间古老的敌意，困扰你
也困扰我。西湖边的飞鸿与雪泥
继续表达你的隐喻。

正午。逆光中的湖面与南山
抽象为黑白二色
像一个人的 X 光照片，隐忍而痛楚。
你头颅与毛笔一并飞白。

苏堤像长诗，诗尽头的旅馆里
我像被你涂掉的错字，在枯荷叶般的
一团墨痕覆盖下，终将会生发出
正确的莲藕、蜻蜓和春水。

2018-02-05

梅花图

一堵残垣断壁，如一张老宣纸
让几株梅花恍惚觉得自己
被一笔一笔画上去了。

我在墙角蹲一个下午
恍惚觉得自己
成为这宣纸上的竹叶或松针——
更像一盒被践踏的、羞耻的印泥？

傍晚，一帧梅花图由泼彩变成水墨。
只有白梅永远是白的——
只有灵魂，才能克服昼与夜的界限。

阴历是画梅花的大师
半身大寒半身雨。
我的理想，是成为吴门画派中
最老的门童、最高的门槛。

2018-02-22

暗含梅花的人

想起若干姓名含梅的人
比如我母亲，一朵衰老的梅花——
父亲在长眠中能梦见她吗？

以血液遗传梅香和月色
敦促骨头，在寒意中高傲
成为梅花所喜爱的岩石和危崖。

节食，跑步，警惕肥腻与涣散
我应该像梅花那样
沿着修远的枝条跑进蓝天——

这是决定性的一刻，像一行诗
在一张白纸大约十公顷的深雪里、
孤绝处，凌空绽放。

2018-02-23

在光福寺赏梅怀杜甫

“梅蕊腊前破，梅花年后多。”
我像老杜甫那样探身梅花复吟诵。
寺檐下，风铃偶尔当啷
寻找韵脚和落花制成的小鞋子。

阴历的美与力，自唐朝至今未变
登至高迥处，感慨尤甚——
在光福山顶俯瞰寺院内那丛梅花
像昨夜梦境中央的女子。

“语不惊人死不休”——
梅花惊艳，冬天这个诗人才安心死去。
我一直写平庸句子
尚能残喘于纷乱尘世。

不知杜甫来过光福寺否
想起他，他就从我心脏起步登高
至头颅和双眼内，看苏州、南方、中国
春愁依旧深重。

2018-02-25

木门工厂

原木、复合木、免漆、烤漆……
中式、欧式、日式、法式、德式……
门，在流水线上成形
像一个少年在上学途中成人——
所谓心脏，就是门锁。

配钥匙的匠人，能够让死心的门
“吱呀”一声恢复惊喜。
所谓心灵史，就是开、闭、开——
在各种叩问、撞击、触动、启发下
浮现重重皱纹、伤痕和老年斑。

惊蛰时节，一扇木门能否想起
枝叶、雷雨、鸟窝和痛痒感?
“门童”“门丁”“门客”“门径”
“门风”“门派“门神”“门第”“夔门”……
人间万象，在门周围一涌而出。

我喜欢成语“程门立雪”——
那扇木门，带来宋朝的雪、等候、
午睡中的思想。当我长眠，墓碑像关上的门
来访者比程门前的人更美好——
一群没有门户之见的光线、落花和风。

2018-03-05

当我老了

当我老了，会老得像亡父的兄长。
他容貌定格在六十一岁。
他把晚年这场戏演砸了，草草落幕。
无法再与他对话或对唱，我只能独白。

当我老了，儿子长大成人，
我将拒绝成为他的编剧和导演。
一代有一代的高潮和深渊，
祖先的血液，在子孙的痛楚中更新。

当我老了，爱人也老了。
共同的回忆，像屋后那一菜园。
失眠了就点灯去看，给喜悦的事物浇水。
而悲伤，会在天亮前枯萎、消失。

2018-03-08

我有

我有四壁书柜像天际线
我有绣花地毯，如同草原团结马粪
我有木椅作为一匹马而不是木马
我有电脑犹似春山在望
废纸篓是陈词滥调们跌下去的深渊。

我有衣架，脱下来的帽子和大衣
重组成新人——他放弃头颅和肉欲
能抵达哪一个国度和车站？
我有熨衣板，妻子熨衣的姿势像重温热恋
我有客厅，卧室就是故乡的复印件。

我有电梯，堕落的速度快于升华
我有小街道模仿树枝，结出水果摊和孩子
我有河流，在小街道尽头汹涌入海
我有暮年，收复惊喜和天真
让暮色涌现一弯新月。

2018-03-10

午睡

在写字楼内靠近玻璃幕墙的位置午睡
很像一个在山坡草丛里躺着的诗人。
有大鸟突然越过眼皮时的阴影惊醒我——
它们垂直，升起，在楼顶很像一棵树的避雷针周围消失。
我和大鸟都明白：这不是一种自然而然的生活。

2018-03-14

静安宾馆

香樟树围拢庭院，草地上
几只灰鸽子在微风的伴奏下
复习民国时代上流社会的舞步。
这座西班牙风格的历史保护建筑
需要一个牙医来保护——
露台像牙齿，品尝雨季的酸涩度。

美工师定期为大堂穹顶的彩色天使
换上新裙子、新魅力。
午后，数百女士面对梳妆台维护自我
数百先生在窗前回忆另一次艳遇。
时间的威胁，各自面对。
木质护墙板像斗牛士护身服。

前廊下，门童接过行李
拾级而上，像陪伴客人到西班牙去。
他可能不知道洛尔迦的谣曲——
“马在山间，船在海上”。
静安宾馆在客愁里。每次路过
想起远方和友人，我就安静下来。

2018-03-16

一个针灸科大夫的手记

这些赤裸的胸和脊背
插满银针，像建筑物顶端插满
避雷针，反对雷击和废墟。
银针与穴位间的关系
类似于诗人必须把准确的句子
放在惊心动魄的位置。

天真少年是好诗。
中晚年性质的身体
充满中午已过、夜晚降临的气质。
针灸科如编辑部，
须将这些身体中的谬误与阴湿
一一删改、祛除。

这些通俗小说般的人
重新成为诗篇的可能性不大，
遂以肉体之痛纪念少年之心疼？
我用银针之光线
推迟这些赤裸的小平原上
日落的速度，像一个失败的神。

2018-03-19

午后的道路

总是汽车
总是高架桥诠释多元，单行道固执己见
总是隧道和黯然
总是越轨和碰撞让电视台神采奕奕
总是摩托车用一闪而逝讥讽时代的肠梗阻。

总是广告牌在赞美物质主义和情欲
总是玻璃外立面伪造天光
让鸟类知识谱系受伤。
总是街心花园鼓励情种将幽会提前到午后吧
总是咖啡馆的西窗蜡烛红、东窗事发生。

总是桥梁像马鞍越过河流马背
总是独自进入没有干草和马粪气息的地下车库，
根本不像骑手那样
有一个女子作为安全带搂紧腰部和草原——
总是苟安和不安。

2018-03-26

上海街景

人民公园在深夜里入睡
几粒灯火像丝绸睡裙上的图案和花边。
餐馆露台上，一个女子似宣城纸，
谁是徽州墨、湖州笔？
她起身朝地铁站走去
小腿在长发下涌现如林间小溪。
不必回眸，这背影的力量已经足够。

河南路的车流致敬黄河
尾灯闪烁，模仿黄河红鲤鱼。
江西路有新一代邵洵美、项美丽
用西江月词牌填空、抒情。
山东路，山岳般的《时报》社
化身为咖啡馆，店员系民国报人后代？
南方多雨，是早年社论和雷声的遗腹子。

苏州河路与苏州河爱人联袂而行
外白渡桥像外婆搂紧两岸孩子。
银行如教堂，银行家似牧师
现金流组成经文，以元、角、分押韵
乞丐们在外滩举手祈祷。
江鸥的路线被鱼群隐秘左右
飞到入海口，就能剧变成海鸥？

2018-03-27

播种期

一个诗人在播种期很羞愧
像一列废弃于野外的旧蒸汽火车
辜负时刻表和远方。
他心脏中的煤块还能燃烧、吼叫?

自春分始，白昼长于黑夜
便于劳作者在田野多待一些辰光。

诗人的台灯，模仿落日的迟缓。
一间小书房能运出几车好粮食?
歉收爱与美，就丰收悲伤。

书桌一角，一张旧照片内
母亲怀抱弟弟坐着，他站着。
此时，天空怀抱云朵在地平线上坐着
他驼背，像一把种子倾向于泥土……

雷声和阵雨正胎动不已。

2018-03-28

我的故乡

山下是余冲村，陌生人出没其间。
牛羊叫声和田野颜色没有变。
我生于其中的房舍消失，水井没有变。
祖父和父亲消失，心痛没有变。

用满身皱纹作为一卷地图，
谁能认出其中一条小路并返回童年
谁就是我血液相关的亲人。
他们日益稀少，这血液就有干涸的危险。

山下余冲村，像关于故乡的一种传言
像警察依据传言画出的肖像。
所谓故乡，就是一个逃亡中的作案者
伤害了它一代代的孩子——

让他们孤独、漂泊
像余冲村麦穗成为异域的馅饼和面包。
在上海，将故乡庇护于头部
路过警察，我就戴上帽子、掩紧衣衫。

2018-04-01

盖草房的人

一座草房，从夯实地基、搭房梁
到张灯结彩，我痴痴目睹过整个过程。
在童年，中原，
一起盖草房的人，是亲人。

用十天左右辰光，把四面土墙、两扇窗、
两个门墩、一道门槛，竖起来。
向天空掷出一捆捆麦秸
再一层层压实、展开。

一个人字形屋顶成立了。
屋顶上的人，在我矮小的眼神里很高远。
他们久久坐在云朵旁
看平原尽头的落日和少年们的前景。

多年后，坐在上海理发店的皮椅上
审视镜中河流般的反光。
理发师在头顶忙碌修剪，像盖草房。
但我头发灰白，已丧失新麦秸的气息。

2018-04-05

在夏夜里冲洗

少年和父亲在夏夜里冲洗
两个人赤裸身体。
父亲把一桶井水浇在少年头顶
像高大的雨天，缓解幼小的焦灼。

他们视线都避开对方的私密处——
那两座小型栈桥
在连通一个家族的来路与前途。
月亮在水桶里急剧颤动。

多年后，父亲移居野地
少年已经老了。
夏夜里在淋浴室冲洗
他依然会抬头看看高处有没有父亲。

2018-04-16

父亲：一九九七年十二月十二日

他弯腰捏一枚棋子，倒下去。
在名为桐寨铺的中原小镇，
冷风挑逗他头部的血液暴动
颠覆一个小公务员平庸的人生。

对手在棋盘另一端震惊、站起来，
像父亲一生中没有赢过的命运
震惊、站起来——
也输了，失去一个知己。

父亲再也说不出一句愤怒的粗话。
在奔向南阳市的救护车里，
我搂着他，像搂着婴儿。
我痛哭，他再也说不出一句亲热的醉话。

每个人都死于所热爱的事物，
父亲不死于象棋，就死于美酒。
那天晚上，南阳市下雪。
他定居于郊外山坡，俯瞰田野如棋盘。

花开复叶落，如一局和棋。
我也尝试与命运和解。
但失去一个对手、知己，

那被热爱的事物，如何置我于死地？

2018-04-20

母亲与伞

母亲一下子衰老许多
躺在骨科医院接受治疗。
我坐床边，看她二十岁时的照片，
郭滩公社革命文艺宣传队的演出瞬间——
长辫子，踮起脚尖，
眺望另一个演员指出的方向。

父亲当时还没有出现在任何方向。
我暂时藏在风和空气里？
六十年代的黑白照片，被照相师手工上色。
现在，母亲满脸皱纹、年过古稀。
“那时真漂亮啊。”我赞美
她有些羞涩。

革命文艺宣传队的演出史
让她一生注重美感，比如，拒绝拐杖
用一把束紧的长柄伞支撑身体——
预感暴雨将至？像我总是求助于一支笔。
母亲，让我们各自学会接受
这不断衰弱无力的现实吧。

2018-04-21

秘密的盐：曼德尔施塔姆

爱过的一个芭蕾舞女孩
踮起脚尖，以此纪念你被尘世排斥、
上升为星辰？
我则努力与日常生活和解
体态臃肿，把责任推卸给地心引力。

你化为蝴蝶，让草木灼烫。
投出的漂流瓶伪装成墨水瓶
使我书桌成为激动的海滩。
门外，上海的大街总有手风琴
一阵阵吹来北方河流上的风。

一阵阵爱、美、悲哀，延续在人间。
每当我烙饼子，就想到
你妻子怀抱平底锅流浪的样子
像怀抱你。我吞咽的饼子内
有了秘密的盐分和力。

2018-04-22

银戒指与花楸树：茨维塔耶娃

里尔克和帕斯捷尔纳克
以抽象的爱意，赢得你的银戒指。
我想具体地爱，
作为花楸树站在窗前
看你洗手、捏笔、俯身书桌，
像一朵云附身于祖国。

劈木柴，洗马铃薯，
卖掉藏书买面包。
破连衣裙拥护你的心跳和步调。
大雾美好，似食品香气缭绕。
你羡慕那些农妇
与田野和黑小麦的关系更亲近。

你只能与诗和悲伤更亲近。
屋梁上，那一只钩子像问号？
问号与你之间
是破折号般的绳子——
当我在寒冬系着围巾，
就能听见你百年前的呜咽。

2018-04-23

俯瞰满城灯火：米沃什

迈进上海环球金融中心
所模仿的山顶，俯瞰低处满城灯火。
我发现灵魂这个老伙伴，被挤丢进了
外滩、地铁、合同、欲望……

一个媚俗的人，孤穷也不会放过。
我满身皱纹和老年斑
适合体会陈皮这一味中药——
在煎熬中，如何复苏成野外与橘子树？

理解一个时代，需要笔尖
保持外科手术刀般的锋利和准确。
一个耽溺于市井生活的人
怎能承受米沃什那样偏远的寒意？

忽然间，灵魂气喘吁吁追来：
“不能鄙视你、放弃你，
必须纠正你异常的血脂和心率。”
我的眼睛一下子涌出雷声和阵雨。

2018-04-25

燕子的叫声：扎加耶夫斯基

当代中国诗已经没有了
你熟悉的乌篷船。
雨，仍整夜整夜落下来。
我笔下频频出现高铁的快感、
性爱机器人的魅惑力。

面对各自的时代和山河，
你优美、脆弱，我粗俗、肥胖，
都必须接受每一行诗
这每一个门槛的考试和遴选——
燕子的叫声像导师在追问。

善于喜鹊式回答的人
无法登堂入室。
你明亮，进入伟大的殿宇。
我怎能放弃这笔尖般的灯芯
向内心阴暗处，一字一字撞击？

2018-04-26

霜降与马：勃莱

中国的鹧鸪也喜欢玉米地的气味
霜降后，田野像花斑马。
但我没有骑马打猎的经历
在加油站手持加油枪，像捧泉水喂马。

汽车轮胎知道我的履历
大抵上奔突于名利场和停车场之间。
丧失谷仓、铁皮邮筒、山水，
一个人显得很不自然。

幸好我木质餐桌上的斑痕
保留了啄木鸟的叫声和喜悦。
是时候了，放弃雄心，
看爱人的长辫子像马尾巴召唤雪花。

2018-04-27

合身的生活：卡佛

我也有爱喝酒的父亲
但他不钓鱼，家附近就不需要水域。
我酒量小，也就没有你和父亲间
那种复杂的纠葛。

酒瓶有女性的体态，空酒瓶
像前妻走后遗落在柜中的旧大衣。
你结结巴巴给她打电话，
手指细腻爱抚瓶口。

只有笔，能让你的傍晚
摆脱酒精妖娆的杀伤力。
只有句号，让短篇小说像短命者
在准确的落日下，完结叙事。

卡佛兄，我与你差异很大。
但我们都知道一张可以写字的纸
才是合身的生活，
像柜中的旧大衣藏着旧天气。

2018-04-28

天地一沙鸥：杜甫

百年多病须登高
才能治疗这长江上的秋悲——
登山登楼复登台，必吟诵、传世。
惊人之语，恰来自死亡的步步紧逼。

此刻，爬山，我呼哧呼哧凌绝顶
四顾无人空气好。
需要这非人工的高度
修改上海高速电梯所决定的世界观。

杜甫，我是你异代的中原乡亲
以肥胖掩饰匮乏和孤穷——
你的遗骨让群山隆起一寸
俗人的超脱就增加一个黄昏。

山下，江面，那一只翩翩沙鸥
是你理想中的自我。
江水下游是我的脑海
接纳了唐朝以来全部的哀愁。

2018-04-30

消防车赋

消防车酷似急救车
无视红灯和警察，哇哇大叫
令老人心惊。
悲伤拥有特权，喜悦必须谦卑。
热恋中的房车无声无息。

灵车也无声无息。
新死者在练习独自睡去
不宜唤起他爱的怀念和痛惜。
对殡仪馆中的燃烧和火焰，
消防车视而不见。

儿童们分不清
消防车、急救车、房车和灵车，
类似于分不清“痛快”一词中的
痛苦与快乐。他们的玩具车
还没有长成车祸和街道。

一个酒徒坐在
一堆汹涌的啤酒瓶中间，
像处于喷吐水柱的消防车中间——
某场艳遇正迸发鲜艳大火
毁灭他心脏周边的地区。

2018-05-06

在会兴镇

黄河在会兴镇拐大弯
像一个人转身看了往事一眼
再回头继续赶路。
三十年代，一个冬天
萧红与萧军自武汉而来，乘船过河
在对岸转身看了河南一眼。

我在河南出现得很晚
在茅津渡口出现得更晚。
黄河大桥让渡船失意。
两岸渡口间的关系
被不息的鲤鱼和流水维持。
萧红与萧军，到临汾后就分手了。

言辞的力量弱于鲤鱼和流水?
抒情的人，败于叙事的时代。
我在会兴镇住了一夜。
对岸灯火，已属于灿烂的山西籍
像河床上的爱人翻过身去
睡在她邻省的秘密里。

2018-05-15

山村小记

村民练习商人语调和眼神。
市场经济深入群山——
酒吧，咖啡馆，山涧漂流……
货币像春风传递花粉，
田野和床榻孕育子实。

餐馆外，笼子里
有一群公鸡、两只孔雀
分别负责菜谱和美学。
食客围观，手抓玉米粒扔进去
消灭笼子中的平静与矜持。

旅行社大巴司机在午睡。
公路边，大花圈覆盖新坟。
一个新死者在泥土深处积攒
零钱般的草种，明年春
为头顶小山峦买来花草和蜂蜜。

2018-05-27

云冈石窟

七号石窟内这尊大佛
在人类戴戒指的位置，戴一只鸽子。

佛和鸽子，不知道人间有某种钻戒
名叫鸽子蛋。

佛也需要美感和爱意，
选择鸽子点染那施愿姿态的手指。

鸽子比一枚鸽子蛋重大
佛愿比人意寥廓。

鸽子一动不动，佛一动不动。
云冈、山西、中国，一动不动。

2018-09-30

夜航记

菜坝机场很小，唯一的飞机
充满杰出感——
在四周青菜、坝田、灯火的围观中
腾空而起。

在浦东机场落地，天空放心
放下悬了两个小时的心——
这颗五味杂陈、衰荣参半的心
终究破碎为一群人。

航空港内的巨幅美女
在广告里态度各异：
欢笑、冷漠、厌倦等等——
与携带一身星空的归来者无关。

钻进出租车进入上海，
重新被出租给这座城市——
身上的星辰消耗殆尽，
一路用手机屏幕为脸补充光辉。

2018-10-16

在崇明岛

一场诗歌朗诵会结束后
中外诗人进入长江入海口处的湿地。
芦苇朗诵出风声和鸟叫，不需要翻译
就懂了，就惭愧。

几艘废弃的旧渔船，像歇笔的诗人
依然眷恋稿纸般的滩涂。
一把旧桨，近于腐朽
酷似破钢笔沉溺于墨水般的草绿。

走出湿地，诗人们赶赴傍晚的酒会
没有影响一座岛屿的完整性。
只要芦苇和旧渔船没有出走
只要月亮一夜一夜在东海上升起。

大师们永远在海边散步
保持背影的美感和神秘性。
小人物热爱市井，比如我，在弄堂里
想念岛上的草香和鱼腥气。

2018-10-23

梅雨

阵雨像暴富者散出一把银子。
微雨像穷人，一分一分数零钱。
在雨季，须随身携带雨伞
以应对突然而至的雷声和天问。

衣物与食品极易生出霉菌
像皮肤上点点老年斑——
内心水果店，贴满过期标签？
旧情酸涩，前欢腐烂。

当一抹阳光像侧光灯射向
小舞台般的咖啡桌，交谈中的男女
突然沉默，心有微澜——
必须把握这转瞬即逝的机遇。

梅雨后大暑，像初恋进入热恋。
暑天短暂，裸背挥扇间
心生寒意，须及早
为冬至和生死恋，积攒烈酒和木炭。

2019-06-17

燕山避暑记

白杨树和高粱，确认这里是北方。
蝉鸣像河北梆子撕心裂肺
教导我去演出一个慷慨悲歌之士
把钢笔磨砺为宝剑。

半山间，旅馆窗外是荷塘，
有荷花惊艳如同一朵一朵女子
消磨雄心与志气。
还是做蜜蜂、蝴蝶更舒服一些。

今晨，我在南方航空机舱里读晚报
降落于中午燕山——
避暑犹似避开这纷乱的尘世
借山中凉意重建内心秩序。

雷声隐隐如灵感，
阵雨泼墨创作一卷暮色——
阳台边的树上鸟巢是浓重一笔。
关灯，入睡，我消失于另外一笔。

2019-07-30

黄河故道

黄河走过的这条旧路
由新一代的麻雀、野兔、牛羊、白杨、
刺槐林、鸡冠花、马齿苋、玉米……
接着走。

太阳也沿这条旧路
穿过西边村庄
手捏黄昏这一个巨大的金戒指
去向黑夜求婚。

我的去向是旅馆而非芳心
我捏着的手机里充满
机心、股市交易指数、幻象、抑郁。
在黄河故道，我还能转化成新人?

道生一,一生二,二生三,
三生我、麻雀、野兔、牛羊、白杨、刺槐林、
鸡冠花、马齿苋、玉米……
黄河无穷尽，我没有理由悲绝或自弃。

己亥年，立秋，一个黄昏，
在民权县，在黄河开辟的故道上
复习母亲伟大的传奇、足音、体味、宽阔、

泥沙俱下、一以贯之。

她在不远处哗哗啦啦走水路
顺便照拂故道上萌芽成荫的儿女。
她还将会改道，像诗人反复换行、转折，
让一张宣纸成为万物生长的平原。

2019-08-20

在平原上想起苏金伞

先生，你与我是乡亲，
一张纸又是天下诗人共同的平原——
双重的亲情像日月一并高悬
让薄暮和拂晓时分的天光，动人难言。

你早已消失在平原下、诗行间
我和时代在阵痛中剧变。
比如，小轿消失，村庄里的人
不再挖河，移居县城、省府或异邦。

节气和动植物绵延依旧
纸上的爱意与哀伤绵延依旧——
只有旧事物维系分崩离析的人世，
比如雪落、蒲公英的飞、银狐的一闪。

在上海生活，建筑物的山峦性
使我渐渐傲慢、阴冷、俯视一切。
唯有书桌上的一张素纸在教导
平原之永恒、平静之必要。

现在，夏末，野兔尾巴和笔尖
都感到凉意在加深。
想起你，我小轿般的心脏乘满喜悦

在皱纹云涌的老村庄里，向天空耸动。

2019-08-21

车过庄子镇

以庄子为名的这一小镇
处于农作物和工商业的海洋。
庄子从中脱颖而出，化身为鲲、为鹏
不知其几千里也，扶摇直上窥中原。

车过庄子镇，我没去拜谒庄子墓。
他不会居住在那里。
傍晚天气预报的卫星云图中
有一张面孔恍兮惚兮，飘飘然。

他更可能超越身体之蛹壳
成为精神性小蝴蝶，栩栩然。
当我一左一右打开繁体版《庄子》
就拥有一双翅膀的绚烂和自制力——

须减肥，删除欲望和重负。
在跑步机上逍遥游，用汗滴组成秋水篇？
庄子若看见我如此情状
大约嘿嘿一笑，复深深一叹。

他对我路过此地没有下车会表示赞许：
“磅礴万物以为一嘛。”
鲲鹏、蝴蝶和一辆汽车

悄悄互换了大气中的位置和轨迹。

2019-08-23

仓颉墓口占

这座墓，也是一个巨阔象形字
写在青草与黄土之间。
伟大汉语文章
是你无穷无尽的遗容。

一道闪电在天空一撇一捺
一条蛇在沙滩竖弯钩
一盏灯在火光里传递人间信心
一场秋雨点点点点……

你临摹过的万象四季
崭新如初，而我已丧失
战栗和惊喜的能力，
对银行的爱意强于山水和女子。

只有诗歌能反对不自然
只有笔尖像祭拜你的一炷香——
所谓写作，就是让风声一句又一句
重返失魂落魄的身体。

夏末了，植物们一笔一画茂密。
你墓前的一根树枝和鸟巢
像“旦”字，赋予长夜里的你

以日出之信心和花旦之惊艳。

2019-08-24

柿园汉墓陶俑记

守门佣已无门可守。
骑马俑以双腿纪念马的轮廓和体温。
仕女俑的两手闲下来
不必再点灯、焚香、献花、端茶倒水。

从墓地移居博物馆，
泥土和火焰保护仆从的形容
衣饰与发型传达汉代中原的风势。
其主人在金缕玉衣里失踪。

还有陶制的猪、羊、小路、河流、鸟
陪伴一种华丽的死亡。
贵族在地下留恋尘世烟火，
而魑魅魍魉永生于人间。

草根、蚯蚓和露水新新不已，
守护门仆、马夫和仕女的长眠。
柿子熟透落地，素朴的亡灵喜极而泣：
“泥土里的香气浓了啊……”

2019-08-27

辑五 | 拆解与再造（2020—2021）

清明记

清明节，想一想祖坟中的亲人，
省略机票、登山和纸钱。
祖先们在长眠中蓦然醒来，
发现墓碑像严峻的口罩？

让理发师像扫墓人修剪头颅
这埋葬旧事前情的容器。
吹风机热风一般嗡嗡安慰：
“你还有漫长的路可走……”

菜市场依然五色斑斓。
感谢田野，没抛弃困境中的人
感谢番茄，用表皮上细微的疤痕
体会一个时代的创痛。

回家，进电梯，在上升的虚幻中
感受着失落的真实。
我还有无数的人和事物去爱
我还有漫长的路可走。

2020-04-04

拆解与再造

一座拆船厂与一座造船厂
隔长江而对望，
像战略伙伴隔会议桌审视对方
继而确认自我。

“拆”与“造”，两个动词
因“船”这一名词而相连相惜。
拆船厂操持切割机，似新锐批评家
剖析造船厂老作家：

“他以船骨来结构事件和风暴，
一支笔绽放出耀眼焊花，
每个螺丝帽都处于关键段落，
省略号般隐忍、含蓄。”

当然，拆船厂更像解剖室：
船首、肋板、梁肘板、加强筋……
丧失彼此间的逻辑关系，
类似溺水者的身体放弃灵魂？

庚子秋，面对拆船厂与造船厂
感受自我的拆解与再造。
挥舞双臂像升起风帆，

我对能否回到人海，尚有疑虑。

2020-09-03

风车工厂

长江边，风车工厂。
十六个工人在天空般巨阔棚顶下
组装三台钢铁风车
献给三处风势各异的旷野。

我曾手举纸风车，带来风和激动。
而今在中年跑步机、暮年高铁
作飞奔状，风和哗哗啦啦的激动
消失已久，孤穷由来已久。

三处旷野将举着三台钢铁风车
在时间里飞奔，带来风声，
在千家万户血压计般的电表中
表达哗哗啦啦的激动。

纸风车鲜艳，钢铁风车灰冷，
以便与旷野的高寒气质相协调。
自虚无中焕发动能和光，
是风车和诗人共同的使命。

通过工厂巨大电子屏幕
远眺钢铁风车转速和发电量等参数，
恍惚看见一个少年心电图异常

在飞奔中，把纸风车献给一个少女？

2020-09-30

徐霞客故居游记

你把亡父留下的罗汉松
从盆景内解放到天井，
骑马奔赴岭南、巴蜀、云贵……
直到一六四一年春，躺着
被腾冲一辆马车送回江南腹部。

晴山堂，后院，一座墓丘
是你永远不想走出的巨岳大川——
“围青漾翠，崩崖颓石。”
这八个汉字来自你的游记，
风景的中国性由此生成。

不被言说就从未存在。
写下这首诗，我才与你的孤迥
发生一丝关联，差别在于：
你执笔如挽马缰
我敲击键盘犹似驾驶越野汽车。

目前，罗汉松高出天井
像亡父趴在围墙，辨别游客中
有谁像他的儿子思远道、弃世俗？
客堂，几把椅子呈明代官帽状，
我入座，不适，慌忙站起。

众生都是霞光的客人
一闪即逝，纷纷加入大地
去承受新一代的游荡与客愁。
一朵白云飘过墓顶和江南
像你依依惜别的手势。

2020-10-07

临港观海记

防波堤之外、滩涂之外
就是浊黄的大海。
尽管不符合“蔚蓝”这一理想，
但那的确就是大海。

在中年，接受大海的浊黄
像接受人海里的窒息与破灭。
乘飞机或邮轮去访问遥远的蔚蓝
像与一个梦中情人幽会？

对于站立在防波堤上的那个少年，
这广阔的浊黄有些残酷。
但必须告诉他：这就是大海，
藏鱼含盐风凛冽。

远处，一座小岛隐隐约约
朝舟山方向的深海游去？
我慌忙四下张望
防波堤上的少年，的确不见了。

2020-10-09

寒露记

在黄浦江东岸穿行一下午。
灌木林、溪流、野草、云……
计步器显示十五公里
露水寒意加深十五公里。

“寒露到霜降，种麦莫慌张。
霜降到立冬，种麦莫放松。”
用中原农谣练习从容与紧迫感
是深秋亦即晚年的功课。

种麦子的祖父已经死去，
他使我对面食的热爱胜过稻米。
沿江而行，看江水拐弯
如弧度巨大的耕犁在田野发光。

进咖啡馆，读某个诗人
刚获得本年度诺贝尔文学奖的理由：
“以朴素的美使个体存在获得普遍性。”
眼前遂升起一棵中原麦穗。

2020-10-10

森林公园

森林与公园，构成矛盾修辞。
穿行其中就能化为豹子
对周围事物产生威胁力？

音乐从蘑菇形状的播放器传出
使花朵和鸟雀松一口气：
“哦，游客而已。”

让豹纹满身涌现是困难的事
类似于在一首诗结尾
写出豹子尾巴，是困难的事。

豹子般拙大、陡峭
猫一般灵巧、媚俗。大多数人选择
后者的受宠而非前者的冷遇。

毕竟在森林公园穿行半日、鞋子暗绿，
足能引起擦肩而过者的侧目和低语：
“瞧，一个异类……”

2020-10-12

秋日

秋日就是暮年——
年复一年演习，让每个人
最终能坦然接受彻底的丧失，
对春天般的再生抱持信心。

落叶纷飞，风急天高，
这是里尔克和杜甫承受过的形势。
我竖起衣领，像走入战壕
白发满头不宜视为一面白旗。

笔与纸，这古老的矛与盾
让一个写作者自我征伐——
书桌是广阔的战场、墓地、摇篮。
所谓胜利，就是赢得失败。

在长江入海口生活，
杜甫于我而言更汹涌深沉。
在相邻的两百年间呼吸，
里尔克于我而言更尖锐致命。

而秋风是他们共同的哑嗓子——
是时候了，刀尺与暮砧
亦即缝纫机与洗衣机、

打字机与印刷机，为越冬准备寒衣。

2020-10-15

美琪大戏院

包厢春意浓
有红男绿女含苞待放。
普通座位上的人，望戏台
像小职员望着大世界。

梅兰芳、俞振飞、周璇……
墙头马上倾心，十字街头断魂。
人间悲欢无新意
除了衣装、发式与灯具。

水袖青衫莺燕语
唱念做打西风起。
不宜穷究演员泪水真假
无须化验脂粉是晚霞或晨曦。

市井烟火悲欢无看客，
自编自导自演。
合上眼皮，落下帷幕
再出场已化身青草和蝴蝶。

看客走出美琪大戏院
在附近老菜馆里成为食客。
围方桌吃扬州干丝，恍惚间

戏台上扬州柳丝又如烟。

2020-10-16

南京路新月

它像仰泳者露出海面的耳朵——
南京路是一条在拍打中
保持浮力的灿烂手臂。

我在路口止步
举手机拍摄这高远的泳姿，
使交通警察也抬头走神三秒钟。

他竟然举手指了指新月，笑了，
想把我和四周车流
都指挥到天空里去？

我赶忙进入地铁站。
贪恋世俗生活的人，用地心引力
作为拒绝升华的理由。

当我在另一地铁站随电梯冉冉上升
恍惚拥有三秒钟左右
新月般动人的能力。

2020-10-21

元旦献词

昨夜我躺下来很早——
一座疲倦、脆弱的老木桥
让幼小的新年走过去……
守岁欢呼的人，不知这一秘密。

今晨拉开窗帘像撕去口罩
更像拉开舞台帷幕——
愿每张脸都完整而动人
愿每个人的独幕剧拥有新转机。

口红适宜作为新年礼物
像小彩虹结束苦雨。
重瓣梅花这样的嘴唇　重重盛开
说出在寒意中加深的爱意。

在元旦写诗就是幼儿写字——
愿每个字都是新的、善的
愿每个诗人都踉跄学步般
扑向一切张开的怀抱和心扉。

2021-01-01

骑马而去的诗人

他独居，元旦前数日无消息。
朋友破门而入——
诗人坐于马桶像骑马，远去了
不必换乘新年新火车。

法医写出诗人中年下车的理由：
热爱孤独，必消失于孤独。
不必再恪守日历这种火车时刻表
摆脱检票和质疑。

朋友们伤心片刻各自四散
喝酒、打牌、谈恋爱，
在新年新火车上延续旧形态。
偶尔想起他，会恍惚片刻：

“他仅仅是诗中的那一个人？
有多少隐秘的疼痛？
有多少不为人知的欢愉？
有谁为他而悄悄哭泣？”

诗人的骑术目前已熟练，
在书柜一类火车难以抵达的山顶
勒马四望，低声吟诵：

“成为风景，我宽阔而生动。”

2021-01-02

两个新春

需要阳历、阴历两个新春
进一步确认冬天的消失，
像同居后再进入婚姻。
只有一个新春，会显得失真。

需要两个新春，敦促少年：
加倍生长如春笋
走雨水筑就的一条新路
去父辈们未曾抵达的高处。

需要两个新春，安慰老人：
心脏如果动力不足
发动两次，还是能将自己
开回早年爱过的地方——

让满身老年斑和皱纹
转变成云团和柳丝纷飞。
一头白发作为山顶积雪
潺潺消融，浇灌麦田……

2021-02-10

分岁饭

我们围着餐桌吃饭喝酒。
有力气了，就一动不动在子夜
翻过那道分水岭，
到新年新梦想里去。

“分岁饭”一词比“年夜饭”
美、感伤：分开，分别，分手……
需要动词来表达流逝
需要流逝让人保有爱的能力。

坐在同一餐桌边的人是亲人，
一次次分开、分别、分手
像岛屿边的船
终将去各自的风浪里沉没或归来。

感伤的，就是美的：
美人、美景、美梦……
新年钟声响了，像心脏撞击胸膛
发出“痛啊痛啊”的呼喊。

2021-02-11

新春贺辞

祝你有新发现、新言说，
从一切陈词滥调中脱身而出
像蛹化蝶、蛇蜕皮、鹰换喙。

祝你站在大理石和红地毯
也能以植物学立场看待世界，
鞋子与步伐充满露水和叶绿素。

祝你握手机类似于祖父握水瓢
一低头就能看见波动的天光和爱意：
海咸河淡，鳞潜羽翔。

唯有这永恒的美使人心安。
祝你在还乡途中返回英俊少年——
炊烟盛大，父母双全。

看啊，我脚步已接近婴儿的趔趄！
如果为一个老人的转化而感动，
祝你双眉化作彩虹安慰泪眼。

2021-02-12

献花

趁新春夜色，把菊花献给亡灵，
让天堂多一束火焰
不再担心人间的孤冷。

把玫瑰献给加速老去的情人，
那芳香来自枝条折断时的
一阵又一阵疼痛。

把塑料花献给伪君子，
让真诚与真理获得参照，
珍惜赤子的土腥气与凋零。

把牵牛花献给壮大的牛年，
让一头牛、一脉群山爱护我们
去阻挡牛尾巴般的寒流。

献花的人，有修辞大师的气质。
我从未为谁献过花朵，
一首诗如何能避免黯淡和平庸？

2021-02-14

在外滩

在外滩，忽想起故乡伏牛山：
那一道分水岭如伟大连绵的建筑物
分开中国的南方和北方
像心脏，分开左胸和右胸。

苏州河与黄浦江源于一头牛？
所谓幻象，乃人体必需之维生素。
视落日和满月为雄牛睾丸
可激励沪市雄迈劲健。

证券操盘手嘀嘀嗒嗒敲键盘
赞美雄牛，而熊出没是日常图景。
每每沮丧、抬头，他就会看见阵雨
在示范如何滴滴答答敲树叶。

我嘀嘀嗒嗒敲键盘写诗
在万事万物的相似性中安顿内心。
当爱意与想象力颓败如熊市，
一个人如何避免精神破产？

2021-02-15

春游记

去楼下春游半小时。
玉兰的酒杯形状已制造完成，
春风调酒师正在斟酌各色美酒？

柳丝挑逗：“上来呀，别坐电梯，
上来呀，证明你的爱和生机！”
我看看肥腻自身，一声叹息。

池塘微波荡漾，像空白的宣纸
即将写出莲藕、鱼和星空。
春天是一个让诗人羞愧的大师。

坐在凉亭栏杆上发呆。
一个骑童车的孩子歪头看我，
像担心一片枯叶从枝条上落下来。

2021-02-17

雨水

雨水这一天，阳光灿烂。
听马友友的大提琴曲《檐滴水》。

没有滴水的屋檐，像失恋者嘴唇？

举杯喝水，向这一节气致敬
向春风、田野和万物自然致敬。

一个不太自然的人
被阴历这把尺子反复衡量、矫正，
尚有天真的余地？

雨水位于立春和惊蛰之间
敦促心灵酝酿雷声而非瓦釜之鸣。

2021-02-20

梅园即兴

细小新月高悬
使正午的梅园像白日梦。

梅树下睡一老人，
他想转化成一朵巨大落梅？
游客纷纷与梅花合影，
对个人品质与气息很自信。

在梅花或姓名含“梅”的女子面前
我总是充满羞愧。

脱下黑外套衬托两枝梅花——
我恍惚怀抱梅花
奔向黑夜里的一场大雪。

2021-02-21

在贵州，夜读海德格尔

通过手机地图辨认自我的位置，
是德国古典哲学家不熟悉的方法论。
周围是贵阳、昆明、成都、重庆……
周围是万古寂寥的长夜。

在旅馆，翻读一册薄弱的海德格尔。
“返回的道路把我们引向前方。”
一条深入异乡的航线与公路，
只能把我引向少年往事？

关于“真理的形成和发生”，
海德格尔谈了德国相关机制。
中国西南的群星与灯火
在周围形成和发生，使我喜悦而安宁。

而真理也有软弱的部分和时刻，
需写下这首诗以赋能，星辰与灯
遂陷入肉体成为心脏——
我必须对内部动态保持温存和感激。

2021-04-19

傍晚之歌

傍晚环绕某大学走一圈，
像环绕青春这嫩绿的故国走一圈。
高墙、铁栅栏、摄像头……
组成一条充满危机感的边境线。

一个傍临晚年的人
是青春的异乡人甚至……敌人？
灯火、爱与琴声隐约而至，
是所有诗歌中最动人的部分。

阳台上，裙子和胸罩飘动，
代表万千芳心跳荡。
我假扮成教授就能越过边境线？
如何阐释“爱与美”，是一道难题。

一群蜜蜂、蝴蝶和风越入围墙
与青春保持良好外交关系。
我鞭策自己的身影环绕某大学
像一个骑兵保卫故国？

2021-04-20

篝火记

围绕篝火，围绕母亲的心。
春浅夜寒，我们伸出手
向篝火要求母爱——
木柴毕毕剥剥，是她的心跳。

七八个诗人，五六个村民，
在一堆篝火前成为兄弟。
读读诗，村民无表情。
谈谈稻子和雨水，村民笑了。

稻子和雨水是好诗篇。
母亲用绣着星辰的春夜
这一件宽大绸衣
把我们抱在同一个胸怀里。

篝火熄灭，母亲心碎？
我们散去，像孤儿各自流离。
唯有写诗能把长短句点燃，
向一张纸要求母爱。

2021-04-24

爬山虎酒吧记

爬山虎不是老虎，砖墙不是山。
这青藤覆盖的小屋
是孟河村的一个酒吧。

诗人与村民，在酒瓶边坐着
像老虎在溪水边蹲着，
但额头上没有“王”字。

春夜宁静，无须王者之气。
用平庸赞美世俗生活，
以沉醉反驳痛苦之卓越。

诗与村庄，足供你我安居其间。
看窗外，圆月高悬
酷似酒瓶盖扔在天边。

酒后星散，诗人与村民
分别以言辞、以稻穗
去不同轨道运行光芒和爱意。

2021-04-27

花海记

花海中的小径类似航线
让我找到轮船感——
小径尽头是餐馆，
我要乘风破浪到那里去。

日暮途穷的人
在花海得到安慰：
“你也有彼岸，蝴蝶和蜜蜂
是你的海鸥和海燕。”

前途远大的人
在花海得到振拔：
“树木们正长成你的桅杆！
花蕊里要能看见深渊……”

花海边缘是东海
利于赏花人在两种大海间切换：
从花朵芳香，到海浪腥咸；
从少年远航，到暮年归来。

我远航而今归来，
在花海就是在东海。
餐馆就是人生滋味纪念馆，

我要乘风破浪到那里去。

2021-04-28

一处院落

前榉后朴是江南风俗
这一院落是风俗的产物：
前院种一棵榉树
后院种一棵朴树。

榉树般的举人消失在晚清
仆人般的朴树服侍鸟巢。
院落主人是一老妇，
丈夫入土，儿女远行。

三诗人走进这一院落。
一人盯着房檐脱落的古瓦
一人看树梢
一人用手机镜头凝视老妇。

“你们从繁华的地方来？
我很快到野地里去。
这院落留给谁？
谁看着它，谁就会心疼……”

老妇并不期待诗人回应
也不知这自言自语里

暗藏诗学秘密：
在心疼中叙说即将来临的丧失。

三诗人感受四月春寒，
面对一堵白墙
像静候一页白纸
涌现南方中国和无穷爱意。

2021-05-03

泥土颂

与泥土关系好的事物
有萝卜、桃、茄子、番茄、豆角、
白菜、青草、香樟树、诗……
土豆，干脆以“土”作为姓氏。

与泥土关系差的事物
有塑料、电池、玻璃、伪君子、恶棍……
那被动成为废墟或墓穴的一隅，
在痛苦中煎熬百年左右。

像一个人，用一生消化
童年的阴影和暗疾，直到晚年来临
才把皮肤上充满毒素的老年斑
转化为雨点和星辰。

当那被动的一隅，重新种上萝卜、
桃、茄子、番茄、豆角、白菜、青草、
香樟树、土豆，接受诗的赞颂，
它终于松口气，名叫“晚霞”或“晨雾”。

2021-07-11

飞行记

在安检口展开双臂，
接受公共性的抚摸。尤其是
皮带与鞋子，离内心和立场最近，
必须细致把握其中的危险性。

对雨伞尤为质疑。
它不仅仅能和雨发生关系。
将口袋中的事物掏出、放进篮子，
手帕上的泪痕能让检验仪再哭一次？

终于通过安检口的旅人，
请保持不安和平常心——
结束登机不是结婚登记，
空姐是天空的姐姐而非情侣。

飞机滑行，从缓慢到迅疾
终于腾空而起，像诗人
让笔尖在纸上滑行、加速、腾空而起
消失于最后一行句子。

2021-07-15

题布罗茨基的一张照片

在旧杂志上看到这张黑白照片。
有文字注释："布罗茨基，
一九七二年，初抵纽约。"
被苏联胡乱塞进一架国际航班，
如一枚导弹射向世界文学史。

站在一堵土墙前，
鸭舌帽边缘的头发乱如野草
大概多日没有洗澡。
衬衫敞开至第三颗纽扣，露出胸毛
仿佛随身携带圣彼得堡小草原。

这一年，他三十二岁。
四十七岁，将去斯德哥尔摩演讲
向阿赫玛托娃等人致敬。
五十六岁，长眠
在威尼斯水声里体会俄语之缠绵。

太快了，才华和死亡太快！
悲伤和自由太快！
唯爱情之到来过于缓慢：
五十一岁，在巴黎，
少女查索尼才盛开于小草原。

面对一九七二年的镜头
仍似受审？终生处于激烈的风度
对即将来临的伟大毫无预感。
一把年轻铁锹，插在照片右下角
模仿他左手插入裤袋——

去撬动料峭的自我。
右手捏一支香烟，如炸药引信
即将爆破一颗心脏。
多年后，我眯眼、伸手遮掩
那扑面而来的力量和光。

2021-08-06

稻田诗会

一群诗人在稻田里
低头读纸上分行的汉字。
稻穗也低头读分行的米粒，
用溪流作为哽咽不止的喉咙。

若干农夫驾驶割稻机
演绎“诗人之死”这一命题？
必须以“来不及了”的紧迫感
说出满纸汉字亦即米粒。

远处，五峰山像笔架
恰好可以搁置四支笔、四季。
万物并作，生生不息——
稻田与书桌有类似的轮廓和潜力。

一行白鹭越过诗会
比越过糖烟酒交易会欢快优美，
把稻田和诗人之心
运输到更高远的境界里去。

2021-11-08

小雪日

郊区那一道浅山，在寒意中顿然明晰
一丘一壑历历可辨。

迅速降温的晚年
有助于一个人摆脱城府、清新胸次？

小雪日无雪，但允诺一种可能，
像名叫小雪的女孩允诺洁净的肉身和灵魂。

在童年，雪天，随祖父追猎野兔。
短尾巴一闪，是我追逐一生而不得之短句。

2021-11-18

酒店镜像

酒店镜子藏满过客的脸——
无数丑陋的人，对着它化妆。
无数美人，对着它哭泣。

裂痕浮现，镜子已无力负担
过多的秘密？类似于满脸皱纹的人
无力负担过多的记忆。

一个过客淋浴后，看镜子
模糊难辨，像在驾车途中遭遇大雾，
前窗玻璃一派茫然。

镜前灯如车灯，孤单无助。
没有下匝道可供摆脱既定的前程。
停下飞奔的自我，等于毁灭。

而一弯新月总会在镜子前、车窗外
升起，允诺一个干净的人
能够平安驶向晚年这一终点。

2021-11-20

一夜新雪

一夜新雪，我在某地酒店窗口
终得以看见远郊山脉——
严寒使万象获得清晰度
雾霾总在拥抱狂热。

我知道新雪的来历
不知道自己归于何处。
所谓道路，无非是电梯在酒店、公寓、
写字楼之间的升华与堕落？

一夜新雪，是冬天的教育：
“保持冷峻，方能获得理智。”
在酒店待久了，易成为醉鬼？
故乡与未来一概恍惚迷离。

2021-11-22

为勃莱去世而作

在会客室瞥一眼手机
走神五秒钟：
你刚刚在这个十一月里消失。
气温的下降开始加速。

客人面影模糊了，
谈论的话题毫无意义。
落地窗外，暮色降临。
你在我的内心益发清晰。

我们拥有类似经历：
坐火车穿越果园，湖上垂钓，
醒来又见一窗新雪，
喜欢陶渊明和苏东坡。

都对表演才华者敬而远之
彼此有乡邻般的亲切。
大地把你我怀抱在一起
全世界的草香虫鸣不用翻译。

当人类陷入物欲和癫狂，
我也写着非自然之诗，
你移居到星空里去

是在表达困惑和失望?

与客人话别，回到书房——
一支笔能保持温度计般的敏锐?
请你、陶渊明和苏东坡
为我校正这笔杆内的水银。

2021-11-23

一匹浙东山区的马

它在山坡上吃草，肚子肥大。
是母马怀孕，还是公马过于冗赘？

我缺乏关于马的知识
总是从审美意义上爱一匹马：
脖颈英挺如日出，脊背蜿蜒如山峦……

没有喂马、钉马蹄铁的经历
也未曾为女子煮饭、穿高跟鞋。
我对马乃至这尘世的爱，都很肤浅。

祈愿那是一匹母马，静静孕育一角浙东。

2021-12-02

短句

坐在书桌前反思一年生活之种种
需借助于倒车镜？
中年破绽犹似旧车胎亦即旧皮鞋上
隐隐约约的裂纹。
阳光及时越窗而入，激励椅子和一个人：
“加油，奔向你新颖的暮境。”

2021-12-31

辑六 | 途中遇雨（2022）

元旦记

把《飞地诗歌历》翻读一遍
像把地图温习一遍，上路——
卧在沙发里类似于陷入沙漠？
拖鞋空转，也能顺利驶出第一天。

元旦之寒意，与昨日之料峭
并无不同，然性质迥异——
春风一夜间得到广泛吹拂的许诺，
恋人间的话题会涉及孕育。

我昨夜睡得很早，如同预感失恋
遂用沉睡躲避分手。
醒来已凌晨三点，旧爱消逝
而新年未必就是新欢。

在梦中看见父亲，是一个奇迹。
他穿越死亡的边界而来，
大约对我新一年的命运很不安。
窗帘摇荡是他的风衣和背影？

年复年兮旦复旦，反对伤感。
《飞地诗歌历》每天会有一个诗人出现
像加油站里手持油枪的人高喊：

“兄弟，加满墨水，匀速向前。”

2022-01-01

虎如春风

虎如一夜春风来——
从虎头到虎尾，春风三丈!
以这样一种尺度衡量世界和自我，
懦弱与绝望就没有余地。

老虎般的春风，或者说
春风般的老虎，用斑纹和鬃毛允诺:
“斑斓”和“细腻”
这一系列美好词语即将莅临。

在虎年，老虎责任重大。
属虎之人昂首阔步
同情属鸡属鼠等等体态微小者，
对“武松打虎”一类表述意难平。

万众热爱“如虎添翼”
“龙盘虎踞”“虎虎生威”，
力避“狐假虎威”“如狼似虎”一类
修辞之危境，以图吉祥顺遂。

在新年用新词语表达新发现
反对成语和动物园。
像老虎用一夜春风抒情言志

让蛰伏的美与爱，虎头般蒸蒸日上。

2022-02-01

途中遇雨

汽车雨刮器在打拍子？
雨是乡村学校的合唱队员
哗哗啦啦唱无词歌。
公路上偶尔有车辆闪现，
彼此小心翼翼掠过
像音乐厅内弯腰寻找座位的人。

十公里外有几个诗人等我，
像几滴雨等另一滴雨。
当然，诗歌朗诵不需要指挥。
雨越下越大，公路昏暗。
雨刮器急促挥动，
加强合唱队的节奏和感染力。

我将汽车开下公路
停在一条隐约可见的田埂边。
雨刮器放弃指挥，雨才像诗人。
天晴。发动汽车上路。
一道彩虹在地平线尽头升起
像为诗神献上花环。

2022-02-02

乌克兰拖拉机简史

重读玛琳娜·柳薇卡的
这部书名奇特的长篇小说，
眺望果戈里和阿赫玛托娃的祖国，
帕乌斯托夫斯基的金蔷薇芳香四溢。

并不总是拖拉机在深耕那片大地
并不总是播种向日葵和慈悲。
亡灵让第聂伯河的夜雾难以负重，
月亮像失血过多的脸。

作家巴别尔写过这条河，
马腿间是红色骑兵的刀刃与激流。
诗人谢夫琴科也写过这条河：
“请用亲切温暖的话语将我回想。”

我没去过乌克兰，不会开拖拉机
或许吃过那里的麦穗翻译成的面包。
在尚未长成废铁的少年时代，
爱过保尔爱过的基辅少女冬妮娅。

那异域的美艳，代表铁路和远方
发出召唤。很久以后才明白：
一个人只能抵达狭小的暮境，深耕之，

播种无限的眷恋。

需要一台拖拉机对抗死亡
把“衰败”“绝望”这些弹坑和硝烟
恢复成良田和炊火——
我的电脑和打印机正隆隆向前。

2022-05-12

雨后

天空那么干净温柔
让一个肮脏的人抬不起头来。
他还有羞愧的能力
就还有被救赎的可能。

再来一场雨，他就能痊愈？
这可能是一件虚妄的事。
天空对人的清浊不承担责任
不需要管风琴与赞美诗。

那个肮脏的人站在淋浴室
抓挠自身像合掌祈祷。
依赖沐浴露，就不可能升起到
天花板以上的光辉里。

天空那么干净温柔
让一个肮脏的人抬起头来。
树叶间的水滴落在脸上
他获得了流泪的能力，他哭了。

2022-05-13

初夏

田野里，果实小满。
充实之谓美，充实而有光辉之谓大。
打扫粮仓，唤醒收割机，
青黄相接活下去。

反对哀怨和哭泣
拒绝以忧郁症纪念伤害。
所谓写作，就是农夫一般看着稿纸
握一把铁锹等待时间的奇迹。

青蛙在叫，风不冷不热
孕妇持续调整裙子上的松紧带
杏子用树叶掩饰肚皮。
一切景象都服从于规律的伟力。

让匮乏者丰盈，让恐惧者安定，
这是初夏对人类的允诺
即将兑现于剧变中的稿纸和田野，
青黄相接爱下去。

2022-06-07

夏日阵雨中的一匹马

在阵雨中开车过静安寺
没听到寺钟，内心也不安静。
过长乐路，欢乐是短暂的
过东湖路，未见湖水、荷花与蜻蜓。

过复兴西路，想起莎士比亚。
在“文艺”成为贬义词的年代
我缺乏个性化的念白，人云亦云
造成毫无新意的阵雨？

过淮海路，堵车，侧脸——
某名牌商店橱窗内立着一匹马！
我揉眼再看，它一动不动
绝非布罗茨基写过的那匹黑马。

它对一个骑手的出现不抱幻想
被堵塞于橡胶质地的生活？
而我尚有痛感，且能缓慢移动，
方向盘像马缰处于掌握之中？

必须假装置身于草原
才不至于孤绝地下车、走入商店橱窗
爬上那一匹空虚的马

表演一个失败的文艺青年。

2021-08-02

瓦松

一座旧阁楼倾斜的屋顶
有几棵瓦松酷似山坡上的长松
像画家描绘出来似的。

周遭后现代主义的钢筋玻璃屋顶
没有青瓦和瓦松，
让人忘记山坡和中国水墨。

若睡在这几棵瓦松下的旧阁楼
易滋生出画中人的古意：
松入风，青瓦潺潺流动……

一只猫走过屋顶，与瓦松比例失调
像一头过于巨大的老虎
巡视即将倾颓的世界。

2022-09-01

面包和早晨

早晨，一块面包蕴含燕麦和葡萄园。
用餐刀切开它，与祖父手扶耕犁
切开田野，存在隐秘的逻辑。

甚至，爱女人时的姿势
也充满刀子、耕犁般的锐利和感激。
一行泪水淌过她的面颊。

一条溪流漫过祖父田野的边缘。
爱与悲伤，并非无缘无故
一支笔的切肤之痛并非无缘无故。

面包和早晨入胃入心
让我剧变：小于一行泪水、一条溪流，
大于燕麦和葡萄园。

2022-09-02

在山中

在山中走一下午，友人五六
身影尚未被密叶繁枝误解为小兽。

彼此招呼，以便定心。
沉默时，群山用溪流之喧哗来宽慰。

风是绿的，光线是绿的
友人五六也是绿的，我大约也绿了。

九月的这一下午，不冷不热
像步入人生后半程，不喜不悲。

在山中，仍未做到忘我无我。
云朵似纸巾，松脂斑斑如泪滴。

2022-09-03

九月

天气摆脱酷夏的狂热又不显得冷漠
像一个适宜交往的人或国度，
不必以空调或扇子来补白、造势。

万众仰望中秋月
暂停哭泣和数钱，赞美圆满与丰盈
一个俗人也会谈起李白和苏东坡。

一个俗人终究要低下头继续赶路
在残缺与匮乏中活下去，
类似于一首诗，在想象力中活下去。

九月了，盛开的花，像还在爱着。
树叶渐次枯萎，如临终者的日记和信札
烧毁了一半。

2022-09-13

两匹马

两匹马艰难地亲吻——
伸长脖子，越过两道栅栏，衔接为一座桥
让彼此的血液和心跳一涌而过。

某年，我在草原马厩中拍摄的这张照片
让一座临时的桥，获得永恒。

它们亲吻三分钟，我扭过头去看远处山坡。

情侣间亲吻，需要类似的障碍才显得动人？
没有栅栏和难度的爱，平淡以至平庸。
平淡以至平庸的爱，更为罕见——

一个人如果把眼镜取下，放在床边，俯身，
就能一下子进入草原？

2022-09-15

秋分日，谒吴昌硕墓

一九二七年，安吉人吴昌硕
自客居的上海买舟冒雪，沿运河
在塘栖上岸入超山，长眠至今——
“梅花忆我我忆梅。”

聋就聋了吧，昌硕公
可集中视觉、触觉与嗅觉抒情言志。
死就死了吧，梅花凋零后
人间结出青梅和追忆。

在塘栖，运河边密布梅子酒作坊
充满甜蜜与酸楚。
酒鬼是最悲伤的诗人，
酒瓮里有山水枯荣的消息。

秋分日，我自上海
来超山访吴昌硕和梅花，很合适——
爱的前提，是强烈的空无。
美的力量，产生于转眼即逝。

在九月桂香里想起爱梅花的人
就是想起所有中国人——
他们都在空无里爱着美，

都有着秘而不宣的哀与醉。

2022-09-22

广济桥记

广济桥用七个桥孔
分解运河流水与舟船，而后融汇。
类似喜、怒、哀、乐、悲、恐、惊
七种情感，把人类分解而后融汇。

杭州城外这座桥中的石头
比巴黎米拉波桥中的钢铁苍老、难言
似汉语，沉雄而隐忍
如南方中国。

在广济桥，想起阿波利奈尔、
《米拉波桥》与爱情流逝之惆怅
是自然而然的事情，
看情侣们牵手过桥是动人的事情。

如何在床榻上开掘运河而不断流
再用同一条棉被越过河面，
是中法爱情共同的难题。
失恋者来广济桥，易成为杰出诗人。

一只白鹭在河面独步
尔后飞起，俯瞰秋分后降温的生活。
它爱过的另一只白鹭在哪里？

一个人展开双臂，也能渡过自己？

2022-09-23

一枝枯莲蓬

壬寅秋，陶渊明墓前
没有菊花和柳树。
草木脱俗，一概能表达清高，
隐士与君子仅仅口音不同。

有荷塘常相伴也很合适。
莲蓬以枯萎和疲倦的姿势
怀想荷花、蜻蜓和一个归人，
更显得触目惊心。

我俯身采摘一枝莲蓬，
像荷塘一样高举它
过安检通道，乘高铁回上海
一路被他者诧异地盯着。

像盯着光天化日下
一个用莲蓬淋浴头洗澡的人。
有一枝莲蓬隐喻荷塘，
我怎能藏污纳垢？

把莲蓬插进书房陶罐。
一抬头，就看见南山和田园
一低头，这写下的汉字

就与莲子没有了区别。

2022-10-14

河阳船歌

她一边歌唱，一边做摇橹状
使小戏台有了船行水上的荡漾感。

“摇一橹来过一村，哎呦呦，
村村杨柳绿沉沉。”

我坐在小戏台下，像水中荷叶
或岸边杨柳间的鸟窝。

“闺女十八水上走，哎呦呦，
雪白牙齿红嘴唇。”

她面庞比歌声衰老，
还能把小戏台摇回初潮和春心？

“桃花朵朵落船篷，哎呦呦，
麦过清明大局定。”

我已越过寒露和霜降，
一支笔欸乃不绝，把人生划入暮境。

“饭香时分闻鸡啼，哎呦呦

春吃鱼头夏吃尾……”

在深秋，鱼背加长宽度和厚度
为冬日里的肥美筹备容积。

“摇一橹来过一村，哎呦呦
村村不见意中人。”

在长江入海口处的河阳船歌里，
感受意义的流逝与重生。

2022-11-15

在长江入海口处

入海口处的云朵
是长江脱口而出的“古人云”?
一阵阵秋风辞是新的，也是旧的——
欢乐极兮哀情多。

成长中的滩涂黝暗似铁
接受落日铁匠的光芒敲打。
我口袋中的钢笔，脆弱、涣散，
重新锻造的余地很小。

但它仍有置人于死地的危险性、
眉笔和口红的谄媚心
必须防范它毁掉
一张素纸深处的大好草木。

家中电脑，不像江面那艘巨轮
能以炙热的内燃机驾驭广大前景，
但也不能像缝纫机制作时装
沉溺于流行色和小趣味。

在喧嚣中保持沉默和孤独，
是一种新月般的天赋。

云朵与秋风，催促我的白发
在江海临界处转化成一丛芦苇。

2022-11-17

十二月

以告别的姿态
回顾寒流、灯火、隐痛与纸墨。
而新年又能展臂接纳什么?
这衰败的身心，这陈腐的言说。

最后几页日历，像纸币
勉强支付剩余的烟火。
半生欠下的债务，且待还本付息，
比如信念，比如爱。

写诗，像造币厂、印刷厂劳作?
一页诗，应该有纸币、日历的意义：
在流通、转换和悲悯中，
准确得像财务决算和节气。

第十二次满月，以丰盈和明澈
照破匮乏和孤穷，
召唤母性的海潮和血液汹涌而起
于旧我中诞生新我。

2022-12-04

后 记

这是我的第三部诗集，收入2010年至2022年间的诗作。

此前，1993年出版了第一部诗集《片段的春天》（河南人民出版社），2009年出版了第二部诗集《水之书》（上海文艺出版社）。

显然，我写诗太少。在近年相继出版《一卷星辰》《南方云集》《居于幽暗之地》《在南方》等散文集之后，更有了“移情别恋”之嫌疑。但这部诗集乃至所有文字，都证明：我始终处于诗神的佑护和荫蔽之中。

或许，诗像盐，必要且少许，就能使一个人的生活和言说，拥有秘密的力量。

诗，使我有勇气与陈词滥调为敌，对汉语在流通中所附着的锈迹、污痕、病毒，进行清理和医治。而散文，使我的表达不断坚实、复杂、及物，与记忆和现实相对称。诗的对立面不是散文，杰出的散文，应当是一首不分行的长诗。

与前两部诗集相比，这部诗集，当属“不惑”“知天命”后的写作。然而，对自我和世界充满疑惑，恰恰是一个人在纸上穷究苦索的动力。上天所赐“与汉语共生同在”之命运，我知晓并认领，充满感激——假若没有诗、没有写作，难以想象，我会成为怎样的人，置身于怎样的世界。

此后，“耳顺”“从心所欲不逾矩”之境界，渐次到来。我将日益自由、开阔、充沛，像一条河流，成长为暮色中的大海。

感谢北岳文艺出版社和刘文飞先生，推出这部阶段性诗集。能够进入著名的“天星诗库”，在灿烂汉语中发出属于我的星光，幸甚至哉。

汗漫

2022年12月于上海

有度文化　北岳好书

星空与绿洲　汗漫诗选2010—2022

出 品 人 | 郭文礼　选题策划 | 刘文飞　责任编辑 | 刘文飞

复　　审 | 陈学清　终　　审 | 郭文礼　装帧设计 | FAUN WONDERLAND QQ:2821598445

印装监制 | 郭　勇

项目运营 | 有度文化・刘文飞工作室　投稿邮箱 | liuwenfei0223@163.com

微　　博 | http://weibo.com/liuwenfei　微信公众号 | YOUDU_CULTURE